Rainer Gross

DIE WELT MEINER SCHWESTERN

Wenn ich heute darüber nachdenke, was unsere Welt ausgemacht hat, dann denke ich, dass es eine Welt ohne Disteln und Dornen war. Deshalb gingen wir auch meist barfuß. Und wenn ich mich daran erinnere, ist es, als würde alles wieder lebendig und ich wäre wieder die Janine von damals, keinen Tag älter geworden und noch voll naiver Hoffnung. Wir wohnten alle im alten Herrenhaus. Es war unser Zuhause, wir kannten nichts anderes. Mona und Alexia sorgten für uns und waren immer für uns da. Wir konnten Tag und Nacht zu ihnen kommen, wenn wir Sorgen hatten oder Hilfe brauchten. Wenn wir am frühen Abend Tee tranken, saß Lena bei uns im Zimmer. Von ihren Streifzügen brachte sie alle möglichen Blüten und Kräuter mit, die sie uns in den Tee mischte. Niemand wusste so recht, was in ihr vorging. Wir machten uns darüber keine Gedanken. Lena war einfach Lena. Und doch war gerade sie es, die die grauenvollen Geschehnisse ins Rollen brachte. Vielleicht hatte sie von Anfang an gewusst, was passieren würde. Manchmal frage ich mich, wie alles gekommen wäre, wenn sie die Entdeckung des Jungen für sich behalten hätte. Dann wäre womöglich gar nichts passiert. Dann wären wir womöglich immer noch im Herrenhaus, und unsere Welt gäbe es weiterhin: unsere Welt ohne Disteln und Dornen.

Rainer Gross, Jahrgang 1962, studierte Philosophie, Literaturwissenschaft und Theologie. Er lebt mit seiner Frau seit 2002 als freier Schriftsteller bei Hamburg.
Bisher veröffentlicht: Grafeneck (Pendragon 2007, Glauser-Debüt-Preis 2008); Weiße Nächte (Pendragon 2008); Kettenacker (Pendragon 2011); Kelterblut (Europa 2012).

Bei BoD bisher erschienen:
Schaum von flüssiger Jade
Ein Sommerhaus im Languedoc
Vom Kuttelessen und Katzenmachen

Rainer Gross

Die Welt meiner Schwestern

Roman

BoD 2014

Bibliographische Information der Deutschen Nationalbibliothek:
Die Deutsche Nationalbibliothek verzeichnet diese Publikation in der Deutschen Nationalbibliographie; detaillierte bibliographische Daten sind im Internet
über http://dnb.d-nb.de abrufbar.

© 2014 Rainer Gross

Herstellung und Verlag: BoD – Books on Demand, Norderstedt
Layout und Umschlaggestaltung: Rainer Gross
Umschlagfoto: © Depositphotos.com/massonforstock
Alle Rechte vorbehalten
ISBN: 9783735761552

Wenn ich heute darüber nachdenke, was unsere Welt ausgemacht hat, dann denke ich, dass es eine Welt ohne Disteln und Dornen war. Deshalb gingen wir auch meist barfuß. Und wenn ich mich daran erinnere, ist es, als würde alles wieder lebendig und ich wäre wieder die Janine von damals, keinen Tag älter geworden und noch voll naiver Hoffnung.

Das Anwesen reichte bis an den Strand und ins Hinterland bis zu den Bergen. Die Wälder und Wiesen ringsum waren so ausgedehnt, dass keine von uns je ihr Ende erreichte. Wir waren auf unseren Ausflügen auch immer nur einen, höchstens zwei Tage von zuhause fort. Auf den Chausseen waren wir immer allein, auf den Feldern schien niemand zu arbeiten.

Pferde hatten wir, herrliche Pferde, die wir regelmäßig auf die Weide führten; manche von uns striegelten sie, manche misteten die Ställe aus, und jede durfte sie reiten, wenn es die großen Schwestern erlaubten. Deshalb übernachteten wir manchmal in den Scheunen im Stroh. Die Nächte waren kühl im Vergleich zu den Tagen. Mittags war es oft so heiß, dass wir in unseren Zimmern blieben und Mittagsschlaf hielten.

Wir wohnten alle im alten Herrenhaus. Es war unser Zuhause, wir kannten nichts anderes. Weshalb es „Herrenhaus" hieß, wussten wir nicht. Es war das einzige Haus auf dem Anwesen.

Mona und Alexia sorgten für uns und waren immer für uns da. Wir konnten Tag und Nacht zu ihnen kommen, wenn wir Sorgen hatten oder Hilfe brauchten. Sie brachten uns vom Einkaufen Kleider mit und neue

Schuhe, Schmuck oder die Blütenöle in den winzigen Glasfläschchen, die wir als Parfüm benutzten. Woher das alles kam, wussten wir nicht. Es war egal. Wir hatten immer alles, was wir brauchten.

Ich weiß nicht mehr genau, wie viele wir waren. Zwanzig vielleicht oder dreißig. Zwar kannten wir uns alle, aber wir waren nicht alle eng miteinander befreundet. Wir waren wie Schwestern, als kämen wir alle aus derselben Familie. Hier, im Herrenhaus, waren wir unsere eigene Familie. Ich kann mich auch nicht erinnern, dass irgendeine von uns vor den anderen dortgewesen oder neu hinzugekommen wäre.

Ich wohnte zusammen mit Alice in einem Zimmer im ersten Stock. Wir hatten zwar keinen Balkon wie Nasti, Suzette und Tess gegenüber, deren Zimmer zum Park hinausging; aber wir hatten dafür nachmittags keine Sonne, sodass es bei uns kühler war und die drei oft herüberkamen. Kim wohnte mit Kristina am Ende des Ganges; die beiden mochten einander zwar, stritten sich aber oft. Wir mussten dann hinüber und schlichten, besonders Anja ertrug keinen Streit. Anja hatte zusammen mit Claire und Lena das Zimmer neben unserem; sie mochte Claire besonders gern, und wenn wir morgens nach der Versammlung loszogen zu einem unserer Ausflüge, steckten die beiden noch zusammen im Bett und hatten die Vorhänge zugezogen.

Nach der Morgengemeinschaft im alten Tanzsaal zogen wir oft los. Wir nannten unsere Ausflüge „Promenade machen". Promenade – das passte! Wenn wir zum Strand wollten, nahmen wir die Fahrräder, weil wir für den Strecke zu Fuß zu lang gebraucht hätten. Der Strandweg führte durch den Wald, wo es kühl war und die Räder auf den Steinen hoppelten. Dann kamen die Dünen und kleinen Strandgehölze, wo wir abstiegen und den heißen Sand an den Füßen spürten. Dort gab es eine steile Böschung, in der Schwalben ihre Löcher gebaut hatten. Wir saßen auf der Kante und sahen ihnen zu, wie sie heransegelten und abflogen und immerzu ihre spitzen Schreie ausstießen.

Am Strand war für uns ein Zelt aufgebaut, ein großes, rotes Zelt, in dem wir uns müde verkriechen konnten. Bianca hatte so empfindliche Haut, dass sie keine halbe Stunde in der Sonne bleiben konnte; sie blieb immer bleich oder hatte einen Sonnenbrand. Wir nannten sie „Weißchen". Einmal vertrieben Claire und Anja sie aus dem Zelt, und vor lauter Angst vor der Sonne rannte sie Hals über Kopf in den Wald hinein und verstauchte sich an einer Wurzel den Knöchel. Das Baden in der Brandung machte Spaß. Ich schwamm oft weit hinaus, bis dorthin, wo es tief wurde. Da spürte ich die Kraft der Strömung und die Wucht der Wellen, ich ließ mich schaukeln und treiben und gelangte drüben an die Felsen, wo ich ein Versteck hatte. Alexia, die auf uns aufpasste, sah das nicht gern. Aber sie wusste, dass ich ein vernünftiges Mädchen war. Dort bei den Felsen gab es einen Kiesstrand, die Steine waren rund und glatt und glänzten in allen Farben: dunkelgrün, blau, weiß,. rot. Niemand kannte mein Versteck. Außer Alexia vielleicht, die wusste ohnehin immer alles. Ich kauerte mich in die kleine Höhle, die die Felsen bildeten, und horchte auf die Brandung. Der Sand war nass und die Kühle des Steins tat gut. Dort habe ich viel nachgedacht, über mich selbst und unser Leben hier, und habe mich manchmal gefragt, ob ich glücklich bin. Am liebsten wäre ich auch abends dort gesessen, wenn die Sonne im Meer unterging und mir in der Stille und Einsamkeit ganz weh ums Herz wurde. Ich sehnte mich damals nach etwas und wusste nicht wonach. Irgendetwas schien zu fehlen, obwohl es ein herrliches Leben war, das wir führten. Ich redete nur mit Mona darüber.

Einmal fand ich Suzette in meinem Versteck. Irgendwie hatte sie es ausfindig gemacht, vermutlich war sie vom Land her über die Felsen geklettert. Zuerst wollte ich mir nichts anmerken lassen, aber dann wurde ich doch traurig. Sie versprach, es geheim zu halten. Aber ich merkte genau, dass sie es nun als unser gemeinsames Versteck ansah, und das wollte ich nicht.

Von meinem Versteck aus gelangte man über die Felsen in einen lichten Wald. Dort war es windstill, das Harz roch, und an den Sohlen klebten die welken Nadeln. Merkwürdige Bäume gab es da, ihre Blätter fächelten immerzu, auch wenn es windstill war, und das Licht zitterte zwischen ihnen. Ich wusste nicht, was das für Bäume waren. Sie hatten gefiederte Blätter und eine schwammige Borke, die fühlte sich an wie Kork. Lena kannte sich damit aus, Lena konnte man alles fragen, was mit Pflanzen zu tun hatte. Sie kannte jede Blume, jeden Baum, jedes Kraut. Wir nannten sie „die Gärtnerin". Ihr zeigte ich einmal diese Bäume, und ich sehe sie noch vor mir, wie sie zierlich und klein unter den hohen Stämmen stand, die Borke befühlte, den Kopf in den Nacken legte, um in die Wipfel emporzuschauen. Ich blickte in ihr schmales Gesicht, sie hatte die Brille abgenommen, und das Muttermal unter ihrem rechten Auge war deutlich zu sehen. Vielleicht trug sie die Brille auch nur, um es zu verdecken.

„Das sind Flaumeichen", sagte sie dann leise. „Solche Bäume sind selten. Die gibt es nur hier."

Später blieb sie oft verschwunden und kam erst zum Abendessen zurück, wir vermuteten, dass sie wieder auf einem ihrer Streifzüge war. Erst Tage später kam ich zufällig noch einmal dorthin und entdeckte sie unter den Flaumeichen sitzen, die Augen geschlossen, als ob sie schliefe. Ich traute mich nicht, sie anzurufen, und schlich leise davon.

Wenn wir am frühen Abend Tee tranken, saß Lena bei uns im Zimmer. Von ihren Streifzügen brachte sie alle möglichen Blüten und Kräuter mit, die sie uns in den Tee mischte. Das schmeckte herrlich. Wenn wir sie dann lobten, wurde sie rot und schaute weg. Schweigend saß sie unter uns, hörte uns zu, lachte ein wenig mit, freute sich an unserem Zusammensein. Aber niemand wusste so recht, was in ihr vorging. Wir machten uns darüber keine Gedanken. Lena war einfach Lena: mit ihren Blumenketten und bunten Sträußen, mit denen sie unsere Zimmer schmückte, mit ihren blauen Augen und der Brille. Keine hatte sie je für etwas Besonderes gehalten. Und doch war gerade sie diejenige, die die ganzen Geschehnisse ins Rollen brachte. Vielleicht hatte sie von Anfang an gewusst, was passieren würde. Vielleicht hatte sie von Anfang an geahnt, was ihre Entdeckung in Wirklichkeit bedeutete. Manchmal frage ich mich, wie alles ausgegangen wäre, wenn sie es für sich behalten hätte. Dann wäre womöglich gar nichts passiert. Dann wären wir womöglich immer noch auf dem Anwesen, im Herrenhaus, und unsere Welt gäbe es weiterhin: unsere Welt ohne Disteln und Dornen.

Unsere Promenaden führten uns auch ins Hinterland. Dort gab es weite Felder und Kiefernhaine und Buchenwälder, in denen wir umhertollten wie in einem hellen, hohen Saal. Wir hatten einen kleinen Fluss, das war einer unserer Lieblingsplätze, das Wasser strömte kalt und klar über Felsblöcke und bildete dunkle Becken, aus deren Tiefe der Kiesgrund wie Gold heraufschimmerte. Dort saßen wir oft, wenn es auf den Feldern zu heiß war. Eine Höhle gab es auch; wenn wir dort saßen, konnten wir den ganzen Platz überblicken. Suzette war die erste gewesen, die die Höhle erkunden wollte. Eines Tages nahm sie eine Lampe mit und kroch einfach hinein. Keine von uns getraute sich, ihr zu folgen. Ich selber hatte zwar keine Angst vor der Höhle, aber an einem schönen Tag durch Lehm und enge Löcher zu kriechen schien mir nicht sehr erstrebenswert. Die einzige, die Suzette folgte, war Kim. Sie hatte sich zuvor nackt ausgezogen, und als sie wieder herauskam, war sie von oben bis unten mit Dreck beschmiert. Suzette war schlauer gewesen, sie hatte alte Kleider angezogen, die sie hinterher im Wasser wusch. Kim aber zitterte vor Kälte. In der Sonne wärmte sie sich auf und ließ den Lehm auf der Haut trocknen. Nur um zu sehen, wie sich das anfühlte. Dann sprang sie ins Wasser und tauchte in einem der Becken bis auf den Grund. Tief unten im Grün sah ich sie schwimmen wie ein seltenes Tier. Ihr langes schwarzes Haar floss wie ein Schleier hinter ihr her. Als sie auftauchte, war sie weiß und sauber. Sie stieg heraus, schüttelte sich, und ich konnte ihr in die grünen Augen schauen. Sie waren so grün wie das Wasser in den Becken. Das war mir nie zuvor aufgefallen. Wassertropfen hingen wie Perlen an ihren Wimpern, ihre Brauen sahen aus wie mit einem Tuschpinsel gezogen, Kim war schön. Wie oft hatte ich das bemerkt, und wie oft gleich wieder vergessen. Dann wollte sie mich ins Wasser schubsen, aber stattdessen sprang Suzette hinein und spritzte uns alle nass.

Am Fluss waren wir meist alle gemeinsam, wir zehn Freundinnen. Den Weiher aber kannten nur wenige von uns. Er lag ostwärts in einem Waldstück zwischen Wiesen und Feldern. Der Weg dorthin war besonders schön. Für ihn nahmen wir uns viel Zeit. Trotz der Mittagshitze schlenderten wir gemütlich den Sandweg entlang, meist strahlte der Himmel tiefblau, und von Süden her türmten sich Wolken auf. Manchmal sprangen und hüpften wir, weil wir vor Freude nicht still sein konnten, manchmal sangen wir aus vollem Hals und versuchten dabei, einander die Hüte vom Kopf zu stoßen. Nasti pflückte einen Strauß aus wilden, struppigen Feldblumen, aber Lena riet ihr, Gräser und Kamille hineinzuflechten, und schon war aus dem garstigen Gebinde ein herrlicher Strauß geworden. Nasti verehrte ihn Tess, die nahm ihn mit einem übertriebenen Knicks und umarmte Nasti, als wären sie ein Liebespaar. Dann legten wir uns mitten ins Feld und schauten zwischen den schwankenden Ähren hindurch in den Himmel hinauf. Die Erde war warm und trocken, Raubvögel zogen am Himmel, und manchmal konnten wir zusehen, wie einer flügelschlagend auf der Stelle stand und sich dann plötzlich wie ein Stein fallen ließ.

Nasti fing an zu dichten. Die Verse reimten sich nicht, aber das war nicht so wichtig. Wir zogen die Blusen aus, lüfteten unsere Röcke, streckten die Beine in die Sonne. Ich konnte Tess' Nabel sehen, der wirklich so weit hervorstand, wie die anderen immer behaupteten. Er sah aus wie eine runde Insel im Meer. Nasti kitzelte sie, bis sie sich kichernd wegdrehte. Claire fiel immer das besondere Licht auf, das am Himmel herrschte.

„Ein Brauthimmel", sagte sie dann. „Heute haben wir wieder einen richtigen Brauthimmel. Wer will sich verheiraten?"

Wir lachten und schlugen scherzend Anja vor.

„Anja ist die richtige Braut", riefen wir.

Anja freute sich. Sie wurde übermütig und krabbelte auf Claire hinauf, die beiden kugelten herum, bis Claire plötzlich aufsprang. Ich sah die Wut in ihrem Gesicht, bevor sie lachen und einen Scherz machen konnte.

„Janine ist auch eine Braut", rief sie.

Sie stand über uns wie ein Leuchtturm, das durchsichtige Kleid wehte im Wind, sie breitet die Arme aus und hob sie gen Himmel, legte den Kopf zurück und stieß einen Schrei aus, einen langen, stieß einen Schrei aus, einen langen, schrillen Schrei, sodass mir eine Gänsehaut über den Rücken lief. Jetzt sah sie aus wie eine Prophetin, eine verrückte Seherin, die in die Zukunft schauen konnte und die sich im nächsten Moment in die Lüfte schwingen würde, emporgerissen von einer unsichtbaren Kraft. Claire im Himmel – so nannten wir sie seither.

Am Weiher gab es eine große Wiese, die von Holunderbüschen umstanden war. Die Büsche waren zu einem Dickicht verwachsen, bildeten regelrecht Höhlen und Gänge, in denen wir herumkriechen konnten. Oft kam man ganz woanders heraus, als wo man hineingekrochen war. Es gab auch kleine, vom Holunder überwölbte Kammern, in denen wir es uns behaglich einrichteten. Im geheimnisvollen grünen Zwielicht hörten wir einander in nächster Nähe kichern und reden und konnten einander doch nicht sehen. Wir hatten Rucksäcke dabei mit Trinken und Obst und Keksen und hielten es so ganze Nachmittage dort aus. Anja und ich hatten uns eine Kammer ausgesucht; wir aßen von den Keksen und teilten die Äpfel miteinander, und weil Anja großen Durst hatte, überließ ich ihr die Flasche Wasser allein. Eine Zeit lang saßen wir schweigend nebeneinander. Anja strich mit ihren Händen nachdenklich über ihre Beine. Sie schien über etwas sprechen zu wollen und traute sich nicht.

„Hast du Sonnenbrand?", fragte ich entgegenkommend.

Sie lächelte verschämt und strich ihre dunklen Härchen glatt, die sie verstruwwelt hatte.

„Sonnenbrand? Nein. Aber ... ich hätte gerne auch so blonde Haare wie du, Janine. Die sieht man fast gar nicht. Das ist nur so ein goldener Schimmer bei dir. Meine sieht man überall. Das sieht hässlich aus."

„Ach was", widersprach ich. „Das sieht man gar nicht. Du hast Dinge, die viel schöner sind als blonde Haare."

„Was denn zum Beispiel?"

„Deine blauen Augen zum Beispiel. Meine sind wie helles Wasser, Anja. Aber deine sind tiefblau wie der Himmel oder das Meer."

„Ach, du schmeichelst mir bloß", sagte sie und lächelte verlegen. „Ich wäre lieber blond. Bist du", fuhr sie atemlos fort, als dürfte sie den Schwung nicht verlieren, „eigentlich überall blond?"

Sie sah weg, als sie das fragte.

„Was meinst du?", stellte ich mich dumm.

„Na, was wohl!" stöhnte sie übertrieben und wurde rot. „Nicht nur auf dem Kopf und an Armen und Beinen, meine ich."

„Ja, ich bin auch unter den Achseln blond", sagte ich und tat immer noch, als hätte ich nicht verstanden.

Jetzt kicherte Anja nervös und drehte sich hin und her. „Nein, nicht die Achseln" kicherte sie. „Ach, Janine, du weißt, was ich meine!"

Jetzt nickte ich und wurde ernst. Ich wollte prüfen, ob es Anja auch ernst war oder ob sie nur herumalberte. Mit diesen Dingen alberte man nicht herum. „Du meinst, zwischen den Beinen?"

Sie wurde wieder rot und starrte auf den Boden zwischen ihren Füßen. „Ich will's eben wissen", murmelte sie.

„Was genau willst du denn wissen?", fragte ich weiter. „Ja, ich bin auch da unten blond. Aber das ist es doch nicht, was ..."

„Darf ich mal sehen?", sagte sie plötzlich eifrig und rückte zutraulich an mich heran.

Anja war mir anvertraut, wenigstens ein bisschen. Jede von uns hatte eine jüngere Schwester, um die sie sich mehr als um andere kümmerte. Bevor Mona und Alexia es übernahmen, jede in die Geheimnisse unserer Jungfernschaft einzuweihen, standen wir für vertrauliche Gespräche und peinliche Fragen zur Verfügung.

„Nein, Anja", sagte ich bestimmt. „Jetzt nicht."

„Warum nicht?"

Sie zupfte am Saum meines Rockes und beugte sich vor. Da ich, wie wir alle, darunter nackt war, hätte sie ihre Neugier durchaus stillen können. Aber so ging das nicht. Ich zog meinen Rock zurecht und sagte freundlich:

„Anja, warte damit, bis wir zuhause sind. Heute Abend in unserem Zimmer, ganz für uns allein. Das ist etwas Heiliges und Kostbares, das man nicht einfach so im Freien herumzeigt. Das wäre frivol."

Anja war mit der Antwort nicht zufrieden. Sie druckste herum und nahm einen überhasteten Schluck aus der Flasche, sodass sie sich verschluckte und husten musste. Ich klopfte ihr auf den Rücken.

„Ich hab heute Morgen versucht, mir zwischen die Beine zu sehen. Vor dem Spiegel."

„Und?"

„Da war alles so dicht behaart, ich konnte gar nichts

15

erkennen. Ist das bei dir auch so?"

„Was wolltest du denn sehen?"

„Ob es stimmt, was Nasti sagt: dass das wie ein Mund aussieht."

„Wie ein Mund? Du meinst die Schamlippen?"

„Ja", sagte sie kläglich. „Nasti hat das gesagt, als sie zu mir ins Bett kam. Und stimmt es auch, dass man das Häutchen sehen kann?"

Jetzt musste ich doch lachen. Was Nasti so alles einfiel. Anja war noch zu jung, um Nastis anzügliche Späße zu verstehen. Ich strich ihr durch das Haar, in dem ein bläulicher Schimmer spielte, und antwortet ernst:

„Wir sind Jungfrauen, Anja. Ob wir es sehen können oder nicht. Das weißt du doch. Niemand hat je unsere Scham entblößt. Nur wir dürfen das tun. Warum willst du es sehen?"

„Weil ich nicht verstehe, was das heißt: eine Jungfrau. Wir sind doch alle Schwestern."

So eine Frage hätte ich eher von Kristina erwartet. Die machte sich über solche Dinge Gedanken, darüber, was wir tun durften und was nicht und weshalb.

„Eine Jungfrau ist wie eine verborgene Quelle. Eine ungeöffnete Blüte. Eine Perle, die noch kein Lichtstrahl je berührt hat. Sie trägt in sich das Heilige und Reine, und deshalb ist sie zugleich das Schönste und Wahrste, was es auf der Welt gibt. Sie ist ein versteckter Garten, eine wartende Erde, die empfangen will und noch von keinem Geist belebt wurde."

Ich verstummte und dachte über meine eigenen Worte nach. Mona hatte es mir so erklärt, als ich ihr einmal die gleiche Frage gestellt hatte. Ihre Antwort hatte ich nicht ganz verstanden, und ich begriff immer noch nicht, wozu wir Jungfrauen waren, wenn es doch nur uns Schwestern gab. Worauf sollten wir denn warten? Da konnte nichts kommen. Wir waren uns selbst genug. Jede für sich. Dass wir als große Familie beieinander waren, verdankten wir nur einem großen Glück. Das Anwesen war unsere Zuflucht.

Ich war gespannt, ob Anja nicht ebenso unbefriedigt war von dieser Antwort, doch offensichtlich begnügte sie sich damit.

Zum Schluss meinte sie: „Kann ich zu dir kommen, wenn ... wenn ich wieder eine Frage habe?"

Ich nahm sie in den Arm und sagte: „Natürlich, jederzeit." Und ich freute mich, Anja eine richtige Schwester sein zu können.

Manchmal war es einfach zu heiß oder wir waren müde. Dann blieben wir zuhause oder kehrten am Nachmittag schon zurück und verkrochen uns in den Zimmern. Durch die Steinwände war es dort kühl, wir konnten die Vorhänge offen lassen. Die Sonnenwärme wich rasch von unserer Haut, wir verglichen, wie braun wir geworden waren. Durch die Fenster flutete weißes Licht. Wir stellten uns davor, und unsere Haut schimmerte silbern vom zarten Haarflaum, der im Licht leuchtete. Auch die Kleider, die wir anhatten, leuchteten. Wir betrachteten einander aus dem Innern des Zimmers heraus. Wenn wir hinaussahen, hinaus in den Nachmittag, sahen wir alle Wege, alle Felder und Wiesen und Waldränder, wo wir gewesen waren. Draußen wartete noch alles auf uns, nichts würde verloren gehen, wir würden jederzeit wiederkommen können.

Alice schlief ungern nachmittags. Ich aber und Nasti und Suzette lagen gern beieinander in dem großen Himmelbett in ihrem Zimmer. Es hatte Tücher und Vorhänge aus Gaze, die wir zuziehen konnten, und einen Haufen weicher Kissen. Wir legten uns kreuz und quer, deckten uns nicht einmal mit einem Laken zu, weil es lästig gewesen wäre, und erzählten uns etwas. Oft sprachen wir über die anderen, aber auch über uns selbst. Wir zogen uns gegenseitig aus, streiften uns die dünnen Kleider vom Leib. Sie schienen mir so dünn wie Kokons, kleiner Sommervogel, nannte mich Suzette immer. Für mich war es jedesmal ein kribbelndes und befreiendes Gefühl, auf einmal nackt zu sein. Als würde ich verborgene Stellen entblößen, an die bisher niemand herangekommen wäre. Und ich bekam Lust, mich wie eine Katze an den anderen zu reiben. Wenn Nasti mir im Liegen über den Nacken strich, bekam ich jedesmal eine Gänsehaut. Irgendwann dösten wir ein, so lagen wir dann bis zum Abend. Ein schönes Bild musste das sein. Tess sah ich einmal eingeschlafen auf dem Sessel am Fenster, sie hatte die Arme auf dem Fensterbrett verschränkt, den Kopf daraufgelegt und die Beine angezogen. Ihr Rock fiel darüber und der Blusenärmel war weit hochgezogen. Ich betrachtete sie eine Zeitlang und dachte, das könnte genauso gut ich sein. Vielleicht träumte sie. Vielleicht träumte sie von mir. Von uns. Vielleicht träumten wir von ihr. Dieses Bild prägte sich mir tief ein. Mir war klar geworden, dass wir alle zueinander gehörten.

Viele schliefen nachmittags, aber manche saßen in ihrem Zimmer und lasen ein Buch aus der Bibliothek oder schrieben etwas oder banden Blumensträuße. Wir hatten alle Türen offen stehen, sodass ein leichter Luftzug herrschte und die Vorhänge bauschte. Manchmal huschten wir von einem Zimmer zum andern und waren gespannt, wen wir vorfinden würden und wie. Manchmal kam eine von uns auf verrückte Einfälle, und dann geisterten wir im Haus herum oder besuchten Mona und Alexia. Wir langweilten uns nie. Wir lebten auch nicht in den Tag hinein. Wir machten aus allem ein Spiel und ein Glück, und irgendetwas drängte uns, das Geheimnis, das wir ständig in uns spürten, auszudrücken durch das, was wir fühlten und taten und sagten.

Wir verschlossen nie eine Tür. Aber trotzdem war es manchmal wichtig, allein zu sein. Allein in seinem Zimmer wie in einer Höhle oder einer Burg. Jede kannte solche Stunden. Ich zog dann immer die Vorhänge zu, sodass es dämmrig war im Zimmer. Die Stille machte mich träumerisch und wehmütig. Ich stellte mich vor den Spiegel und betrachtete mich: meinen Körper, die knochigen Schultern, die ein wenig zu langen Arme, den runden Po, den schmalen Rücken, die schlanken Beine. Meine Haut war fast durchsichtig, davon schimmerten meine Haare heller als sonst. Ich drehte mich hin und her, ins Profil, sah mich von hinten, drehte mich wieder und schaute mir plötzlich ins Gesicht: die hohen Backenknochen, die Nase, die schmalen Augenbrauen, die man bei mir kaum sah, weil sie so blond waren. Ich machte einen Schmollmund und wurde mir selbst immer fremder. Dieses Mädchen dort im Spiegel kannte ich nicht. Ich hob ihre spitzen Brüste mit den Händen an, strich ihr über die Hüften, über die Scham, spürte die feinen Haare an meinen Fingern und begriff doch nicht, dass ich das war. Ich begann, Figuren zu üben, führte behutsam Tanzbewegungen aus und sah dem Spiel von Licht und Schatten zu, das meinen Körper aus dem Raum herausformte wie ein Töpfer sein Werk aus dem Ton. Ich war schön. Ich war ein Mädchen. Eine Jungfrau. Ich wollte es sehen, um zu wissen, wer ich war. Und nur dem Bild, das ich im Spiegel sah, glaubte ich. Nur ihm konnte ich vertrauen. Denn dort, im Spiegel, wurde unsere ganze Schönheit, unsere Anmut, unsere Reinheit sichtbar. Ich verstand, dass wir darauf keine andere Antwort wussten als die Sehnsucht. Die Sehnsucht nach uns selbst. Unsere Zärtlichkeit miteinander. Wir waren alle Schwestern. Wir wollten einander sichtbar sein und uns einander zeigen. Und wir versicherten uns, dass es wahr war, was Mona und Alexia uns sagten: Wir waren vollkommen.

Lena war die erste, die ihn entdeckte. Sie sammelte Walderdbeeren auf einer Lichtung, und da sei er plötzlich am Waldrand gestanden und habe sie angeschaut. Mehr erfuhren wir nicht, Lena sagte nicht mehr darüber. Gerne hätten wir gewusst, wie der Junge aussah, was er anhatte, ob er etwas gesagt hatte. Wir saßen an diesem Abend im Zimmer nebenan, Anja und Claire und Suzette, später kamen Kim und Tess noch hinzu.

Lena hatte uns Tee gekocht, Tee mit Orangenschalen. Sie saß stumm in ihrem Korbsessel, die Beine angezogen, und hörte uns über die Tasse hinweg zu. Claire trug ihr weites Blumenkleid. Sie zündete ein Räucherstäbchen an und stellte sich ans Fenster hinter Lena. Nach den ersten Fragen und Meinungen wurden wir still. Jede schlürfte ihren Tee und dachte nach.

Mona und Alexia hatten uns nicht gesagt, dass ein Junge zu uns kommen könnte. Wir kannten keine Jungen, wir hatten gehört, dass es welche geben sollte, aber wir hatten uns nie dafür interessiert. Auch jetzt war es nur der Reiz der Entdeckung, der uns neugierig machte. Was sollte schon groß damit sein?, dachte ich. Was änderte das? Kim hing versonnen ihren Gedanken nach; Anja schenkte Tee ein und ging danach mit der Kanne herum, um die Topfpflanzen zu gießen; Tess machte ihre Scherze, damit keiner erriet, was in ihr vorging; nur Suzette sah mich prüfend an, als wäre das Entscheidende noch nicht gesagt und als wüsste ich Bescheid darüber. Claire stand am Fenster und sah hinaus.

„Könnte nicht jemand was auf der Flöte spielen?", schlug Anja vor.

„Und wir werden alle danach tanzen", sagte Claire plötzlich düster.

Keine beachtete sie, nur Suzette blickte zu ihr hin. Claire löste sich vom Fenster und trat dicht hinter Lena. Die spürte es und wandte sich um. Claire legte ihr die Hand auf den Kopf und strich über die braunen Locken.

„Da hast du ja was Schönes entdeckt", sagte sie

sanft. „Das geht uns alle an, liebe Schwestern", sagte sie dann zu uns. „Jede von uns denkt sich ihren Teil dabei. Nicht wahr? Wenn wir das Ganze nicht rasch vergessen, wird es uns alle völlig durcheinanderbringen. Dieser Junge weckt etwas Übles in uns, in jeder von uns."

„Du übertreibst", sagte ich. „Es ist ein Junge, nichts weiter."

„Aber weißt du denn, was ein Junge ist? Haben wir nicht bloß Fantasiebilder und Märchen davon im Kopf? Das ist gefährlicher, als wenn er leibhaftig vor uns stehen würde."

„Aber er stand leibhaftig vor mir", sagte Lena wütend. „Ihr wisst doch gar nicht, wovon ihr sprecht."

„Und selbst wenn nicht –", fuhr Claire fort. „Dieser Junge ist keine von uns. Er passt nicht hierher. Ich glaube, er wird von selbst wieder verschwinden. Tun wir doch einfach so, als wäre nichts geschehen."

Tess machte wieder einen Witz, wir lachten, und Kim sagte, sie wollte jetzt ihre Flöte holen. Suzette stand unbemerkt auf und trat neben Claire, die wieder am Fenster stand. Ich hörte, wie sie leise fragte:

„Was ist denn los mit dir, Claire? Du bist doch sonst nicht so abweisend."

Claire schüttelte nur den Kopf. „Ich weiß nicht", flüsterte sie. „Mir geht der Junge eben nicht aus dem Kopf. Und das ist nicht gut."

Mona und Alexia hatten uns zwar von der Entdeckung Lenas erzählt, es hatte sich ja auch schnell herumgesprochen. Aber sie hatten nichts weiter dazu gesagt. Ich beschloss, Mona einmal zu fragen, was sie davon hielt und wie viel sie eigentlich von Jungen wusste. Sie waren beide älter als wir alle, sie kannten vielleicht Dinge, von denen wir nie gehört hatten. Auf jeden Fall blieb mir die Beunruhigung Claires und das vorsichtige, argwöhnische Nachfragen Suzettes im Gedächtnis.

Merle konnte herrlich singen. Sie sang am schönsten von uns allen. Vor dem Einschlafen, wenn wir alle in den Betten lagen, stand sie draußen im Treppenhaus und sang ein Abendlied. Wir hatten die Türen offen, draußen war es schon dämmrig, durch die Fenster wehte ein lauer Wind und der nahe Wald duftete herein. Sie sang meist Lieder, die wir nicht kannten, ruhige, wehmütige, aber sehr schöne Lieder. Wie wir so im Bett lagen, zu zweit oder zu dritt im Zimmer, und Merles Stimme durch das Haus klang, fühlten wir uns behütet und geborgen. Wir wussten, dass Mona und Alexia unten in ihrem Zimmer auch horchten. Wir wussten, dass morgen ein neuer Tag kommen würde, der genauso unbeschwert und glücklich werden würde wie der vergangene. Wir fühlten dann, wie unaussprechlich dieses Glück war und dass es mehr war als bloß Glück. Es war eine große, wunderbare Seligkeit, die uns umfing und die aus dem Leben selbst kam. Und die leise Sehnsucht, die dabei in mir wach wurde und in anderen auch, sie kam aus dieser Geborgenheit her: weil wir sie nicht ergründeten, weil sie tiefer hinabreichte, als wir empfinden konnten.

Nachts war es manchmal zu schwül und stickig im

Zimmer, als dass ich schlafen konnte. Alice schlief immer schnell ein. Ich hätte gerne noch mit ihr geredet, es war schön, so im Dunkeln zu liegen und die Stimme der anderen aus einer Ecke des Zimmers zu hören. Wenn Alice eingeschlafen war, wurde ich meist immer wacher. Der Mond draußen schien herein, ich hörte die Nachtvögel im Wald, hörte manchmal nebenan wispernde Stimmen. Das waren sicher Anja und Claire, die beieinander im Bett lagen. Schließlich hielt ich es nicht mehr aus und stand auf. Der Steinboden war kühl, lautlos ging ich auf den Flur hinaus und die Treppe hinunter. Ich wusste nicht warum, aber ich trat an die Tür von Monas und Alexias Zimmer und lauschte. Was hätte ich für einen Schreck bekommen, wenn sich die Tür plötzlich geöffnet hätte! Nicht, dass uns die großen Schwestern etwas verboten hätten. Aber nachts unterwegs zu sein war ungewöhnlich. Zwar besuchten wir uns manchmal gegenseitig auf den Zimmern, aber allein war selten jemand. Ich hätte ja auch gerne jemanden gehabt. Aber Alice schlief, zu Anja und Claire wollte ich nicht, und in den anderen Zimmern war alles still.

Ich setzte mich vor die Tür auf den Steinboden und schlang die Arme um meine Knie. Da sitzt du jetzt, dachte ich. Mitten in der Nacht. Wann auch sonst?, dachte ich. Tagsüber bin ich ja nie allein. Wie Lena das nur macht, diese vielen einsamen Streifzüge. Da fiel mir der Junge wieder ein, ich versuchte mir vorzustellen, wie er aussah, aber als es mir nicht gelang, vergaß ich es wieder. In der Küche holte ich mir ein Glas Wasser, das Wasser kam direkt aus einem Brunnen unter dem Haus und was eiskalt. Ich trank es auf der Treppe leer, es tat gut. Bei Suzette schaute ich ins Zimmer hinein. Sie lag auf einem großen, zerwühlten Tuch ausgestreckt, den Arm über ihren Kopf gelegt, ein Bein hing heraus, als wäre sie völlig erschöpft ins Bett gefallen. Obwohl ich nur kurz hatte schauen wollen, trat ich doch näher und betrachtete sie eingehend. Sie hatte ein hübsches Gesicht, sie war sehr schön. Ihre Brüste lagen jetzt flach und zur Seite geneigt. Sie hatte sich nicht zugedeckt, sodass ich ihre Scham sehen konnte. Einen Augenblick lang glaubte ich, Suzette würde gar nicht schlafen und sich absichtlich so zeigen. Suzette war raffiniert. Ihre Arglosigkeit war oft gespielt. Und nun lag sie da, so unbekümmert und entblößt, ohne es zu wissen. Fast hätte ich mich hinabgebeugt und sie geküsst, leise. Aber ich hatte Angst, sie würde aufwachen, und schlich mich wieder aus dem Zimmer.

Als ich in meinem Bett lag, musste ich daran denken, was Mona einmal gesagt hatte: Wir hatten ein Heiligtum an unserem Leib. Alles war doppelt vorhanden: unsere Arme, Beine und Brüste, selbst die Augen und Ohren. Aber die Scham war einzigartig. Dort trugen wir die Welt in uns, sagte sie. Es sei ein Tor, ein Tor aus Jade – das erinnerte mich an die Bilder auf Lenas Teebüchsen, die Tempel und Blütenzweige und weißen Elefanten. Ein Tor der Schönheit. Durch unsere Körper tritt die Schönheit in die Welt, aber nicht einfach so, sondern dadurch, dass wir leben, und zwar so leben, wie wir es tun. Ein reines, andächtiges Leben. Ja: Andächtigkeit. Das hatte ich schon manchmal empfunden. Zum Beispiel, wenn ich mir eine Blüte ganz genau betrachtete, die feinen Adern, die Stempel und Härchen und Farbenmuster, wenn sie, durchschienen vom Licht, fast gläsern wirkten. Oder wenn ich dem Fluss zuhörte, wie er über die Steine plätscherte und es wie ein Lied war, das sich unaufhörlich änderte und immer gleich blieb. Oder eben wenn ich meinen Körper betrachtete, das Licht auf meiner Haut, das jede kleinste Verborgenheit darunter nachzeichnete, Hügel und Senken und Grate formte wie bei einer Landschaft. Ich nannte das Gefühl „Andacht", aber ich konnte mir nur ungenau etwas darunter vorstellen. Dass ich dabei sehr still war, dass ich aufmerksam wurde auf die kleinsten Dinge, dass ich eine unerklärliche Zärtlichkeit, eine Bewunderung, eine Scheu empfand – das bedeutete für mich Andacht. Und an Suzettes Bett hatte ich sie empfunden. Die Andächtigkeit weckte auch wieder die Sehnsucht in mir, die Sehnsucht nach irgendetwas. Nicht, dass ich unglücklich war. Ich dachte auch nicht darüber nach, welchen Sinn alles hatte. Aber es fehlte einfach etwas. Ein letztes Ziel. Ein letzter Grund für die Schönheit, gerade weil sie so unfassbar vollkommen war. Dass es uns gab, dass wir da waren: das war die Vollkommenheit. Aber irgendwie konnte das nicht alles sein.

An einem heißen Mittag saßen wir am Waldrand und flochten Blumenkränze. Lena sammelte Bucheckern, Kim war in einen Baum geklettert und lag in der Astgabel wie in einer Hängematte. Kristina kämmte Suzette die Haare, dass die Locken sprangen und es knisterte.

„Du hast herrliche Haare", sagte sie und beugte sich vor, um ihr ins Gesicht zu sehen. Suzette drehte sich weg.

„Kämm weiter", sagte sie.

„Wo ist eigentlich Anja?" fragte Claire.

„Im Haus," antwortete ich. „Ich habe sie vorhin mit Mona zusammen gesehen." Alice war selten bei uns. Obwohl sie meine beste Freundin war, mit der ich über mehr reden konnte als mit allen anderen, war sie oft woanders. Nur wenn wir zu zweit waren, spürten wir das Vertrauen, das uns verband.

„Ich geh nach ihr schauen", sagte ich und sprang auf.

„Ich komme mit", rief Kim und kletterte vom Baum herunter.

Gemeinsam liefen wir über die Wiese und stiegen durch ein Zimmerfenster ein. Manche waren schwimmen gegangen, manche besuchten die Pferde. Vermutlich zeigte ihnen Alexia das Reiten. Wir fragten die anderen, ob sie Anja gesehen hatten. Sie kicherten und deuteten auf die Tür von Mona und Alexias Zimmer. Kim zuckte die Achseln und grinste.

„Kann man nichts machen", sagte sie.

„Kann man wohl was machen", erwiderte ich und wollte mich gerade ums Haus zum Fenster auf der Rückseite schleichen, als die Tür aufging. Anja kam heraus, Mona legte ihr zum Abschied die Hand auf die Schulter, und Anja ging wortlos an uns vorbei. Mona schaute uns fragend an.

„Wollt ihr etwas von mir?"

Wir schüttelten die Köpfe. Kim lief zu ihr und drückte sich an sie. „Wir haben dich lieb, Mona", sagte sie ernst. Mona lächelte und umarmte sie. „Ich euch auch, Kim. Euch alle."

Ich drehte mich um und ging Anja nach. Sie saß auf der Nordseite an der Mauer, wo es kühler war, und rupfte Grashalme. Kaum setzte ich mich neben sie, fing sie an zu erzählen. Es brach richtig aus ihr heraus. Doch sie weinte nicht. Sie schien sich zu freuen und zugleich fürchterlich erschrocken zu sein.

„Ich verstehe jetzt viel mehr", strahlte sie. „Ich verstehe jetzt so viel!"

Mona war mit ihr vor dem Spiegel gestanden, dem großen ovalen mit dem Holzrand, vor dem ich auch schon gestanden hatte. Ich konnte mich noch gut an den Geruch nach Lavendel und Walnusslaub erinnern und an das wuchtige Bett mit der Spitzendecke, in dem Mona und Alexia schliefen. Mona zeigte Anja ihren Körper und die Veränderungen, die mit ihm vorgegangen waren.

„Sie hat gesagt, ich bin schön", erzählte Anja. „Und ich habe mich angeschaut, wie Mona so hinter mir stand, und habe gesehen, dass wir uns ähnlich sahen."

„Was meinst du mit ähnlich?" fragte ich.

„Die langen Arme zum Beispiel. Ich habe immer geglaubt, sie wären zu lang. Oder meine Beine. Claire hat auch solche, aber Claire ist größer als ich. Weißt du, und jetzt weiß ich, dass das alles dazugehört. Das bin ich!", rief sie und umarmte mich. „Das bin ich!"

Ich fiel rückwärts mit ihr ins Gras und lachte. „Und wer bist du?" fragte ich sie lachend.

Anja erstarrte und sah mich verständnislos an. Ich hatte mir bei der Frage nichts gedacht. Aber jetzt merkte ich, dass ich damit ins Schwarze getroffen hatte. Diese Frage hatte mich die ganze Zeit selbst beschäftigt.

„Ich bin eine Jungfrau", antwortete Anja langsam.

„Du hast recht", entgegnete ich und nahm Anja in den Arm. Ich bereute es, dass ich das gefragt hatte. Das war eine Frage, die nur mich etwas anging. Anja hatte damit nichts zu tun. Ich hatte Anja wirklich gern. Wir hatten ja schon manche Vertraulichkeiten miteinander besprochen, und es war schön, dass sich jetzt Mona ihrer angenommen hatte. Wir saßen noch eine Weile, Anja an meine Schulter gelehnt, und genossen den lauen Wind, der um die Ecke wehte.

Meine Gedanken schweiften ab. Ich erinnerte mich an damals, als ich mit Mona vor dem Spiegel gestanden hatte. Ich wünschte mir damals, auch so schlank und feingliedrig und anmutig wie Mona zu sein. Aber als ich uns beide im Spiegel sah, wünschte ich es mir nicht mehr. Ich erkannte, dass ich jemand anders war, mit einer eigenen Gestalt, mit einer eigenen Schönheit. Mona merkte es und trat einen Schritt zurück, damit ich mich allein sähe. Sie blieb im Hintergrund stehen und sah zu, wie ich meinen Körper ertastete. Ich begriff, dass jede meiner Bewegungen schon die Schönheit war. Ich wünschte mir nichts sehnlicher, als mir ständig bewusst zu sein, bei allem, was ich tat, wie schön ich war.

Irgendwann war Mona wieder an mich herangetreten. Ihre Berührung ließ mich zusammenzucken, und die Tränen kamen mir. Mona wusste, was ich empfand. Sie schmiegte sich an mich, und wie ich uns zwei im Spiegel sah, in dem dunklen Glas, war es, als schlüpften wir beide nur in eine bereitgehaltene Form. Eine Hohlform, die im Raum, in der Welt gewartet hatte und nun ausgefüllt wurde. Wir wurden eins darin. Wir fügten uns in das goldene Licht von draußen zu einer einzigen Gestalt.

„Sind wir jetzt vollendet?", hatte ich gefragt.

Doch Mona gab keine Antwort, sondern flüsterte an meinem Ohr: „Was glaubst du: Ist das Zufall? Oder muss es so sein?"

Ich schaute sie hilflos an. Mit einer solchen Frage hatte ich nicht gerechnet, und ich war mir nicht sicher, ob ich sie richtig verstanden hatte.

„In der Wahrheit", flüsterte Mona, „vollendet sich das Zufällige mit Notwendigkeit. Verstehst du?"

Ja, wir waren in der Wahrheit. Das glaubten wir. Mona und Alexia glaubten es auch. Sie hatten mehr von der Wahrheit gesehen als alle. Sie wussten, wovon sie uns erzählten.

Damals drehte ich mich um und fing an zu weinen. Ich vergrub mich in Monas Armen, zitterte und schluchzte und weinte mir die ganze Sehnsucht von der Seele. Wir waren noch lange auf der Kante ihres Bettes gesessen, und ich hatte ihr mein Herz ausgeschüttet. Seither wusste ich, dass ich zu Mona kommen konnte, wann immer mich etwas bedrückte. Weshalb hatte ich das in letzter Zeit nicht mehr getan? Von meiner Frage, wer ich war, hatte ich ihr nichts erzählt. Es tat mir leid, mich so zurückzuziehen. Mona hatte mich lieb. Es war sicher nicht richtig, alles für mich zu behalten und meine Schwestern auszuschließen. Alle. Selbst Alice. Vielleicht konnte ich ja einmal mit ihr darüber reden. Merkwürdig, dass man Lena in letzter Zeit so selten sah.

Anja war neben mir eingeschlafen. Der Saum ihres Kleides war hochgerutscht, ich lächelte im Stillen und deckte ihre Beine wieder zu.

Das Meer war frisch, ein kühler Wind ging. Im roten Zelt flatterten die Zeltbahnen, wir saßen eng gedrängt darin und hörten zu, wie Felice eine Geschichte erzählte. Felice hatte die Geschichten wohl erfunden, denn sie spielten an Orten, die es gar nicht gab. Aber immer handelten sie von uns. Nur das Rauschen der Brandung und das Knattern der Zelttücher im Wind war zu hören. Nicht alle waren im Zelt. Manche standen oben auf dem Felsen, wo der Wald begann. Ich sah sie dort zusammenstehen und umherlaufen und lachen. Als ich aus dem Zelt kroch, war der Sand warm. Am liebsten hätte ich mich darin eingegraben und nur die Wärme gespürt, die Wärme auf der Haut und die Weichheit des Sandes. Ich ging auf die Dünen zu, der Wind zerrte so heftig an meinem Kleid, dass sich die Schleife im Rücken löste und ich im Gehen die flatternden Bänder wieder verknoten musste. In den Dünen war es windstill. Es gab Mulden mit Strandhafer und Gras und tiefe Rinnen, in denen dichtes Gebüsch wuchs. Dort konnte man sich verstecken und den ganzen Tag unauffindbar sein, zwischen den roten Beeren und den nistenden Vögeln, die es dort gab.

Gerne hätte ich jetzt mit Alice geredet. Gerade so ein Zusammensitzen im Zelt mit den anderen machte mir diesen Wunsch wieder bewusst. Mit Mona traute ich mich noch nicht darüber zu reden. Vielleicht war dieses Sehnen ja ein Zeichen dafür, dass mir die anderen nicht mehr so wichtig waren, sondern dass ich mir wichtiger war. Das würde Mona traurig machen, dachte ich. Denn auch mich machte der Gedanke traurig. Aber wenn sie jetzt zufällig käme, dann würde ich ihr alles sagen.

In der Mulde, in der ich saß, konnte mich keine sehen. Ich kletterte den Dünenhang hinauf und schaute über den Kamm auf den Strand hinunter. Das Wasser war gerade leer, weit unten ging eine kleine Gruppe spazieren. Während ich noch schaute, hörte ich plötzlich hinter mir Stimmen, ich drehte mich um: Es war Mona! Schon wollte ich aufspringen und ihr entgegenlaufen, als ich entdeckte, dass sie nicht allein war. Alexia war bei ihr.

Ich war immer ein wenig befangen Alexia gegenüber. Ich mochte sie wirklich, aber zu Mona hatte ich mehr Vertrauen. Alexia und Suzette verstanden sich gut, das wusste ich, und die beiden passten auch gut zueinander. Wenn ich Mona und Alexia zusammen sah, merkte ich, dass sie etwas miteinander verband, an das ich und wir alle nicht heranreichten. Eine tiefe Zusammengehörigkeit zwischen ihnen, gegenüber der unsere Freundschaften flatterhaft und unbeständig wirkten. Als wäre alle Zuneigung zwischen uns nur das unvollkommene Abbild der Einmütigkeit, die zwischen Mona und Alexia herrschte. Wenn ich ihnen begegnete, hatte ich das Gefühl, dass ich störte. So war das auch jetzt. Ich rutschte den Hang wieder hinunter und wollte ungesehen verschwinden. Aber da hörte ich, wie Alexia meinen Namen rief. Ich kehrte um, oben nahm sie mich bei der Schulter und zeigte mit der Hand aufs Meer hinaus.

„Schau!", sagte sie. „Ist das nicht schön?"

Ich nickte.

„Was fühlst du, Janine, wenn du das siehst?"

Die beiden hatten mich in ihre Mitte genommen, rechts lag Alexias Hand mir auf der Schulter und links spürte ich Mona, auch ihre Hand tastete nach mir und fasste meine Rechte.

„Ich weiß nicht", antwortete ich. „Frieden vielleicht."

„Ja, Frieden", wiederholte Alexia und lächelte. „Weil alles so vollkommen zueinander gehört. Nichts fehlt."

Dieser Satz traf mich ganz unvermittelt. Gerade das war ja meine Sehnsucht, die mich nicht losließ: das Gefühl, als fehlte trotz allem Glück etwas. Ich ließ mir nichts anmerken und schaute die beiden an, von einer zur anderen. Es schien, als würde Alexia mehr mit Mona sprechen als mit mir. Oder mit sich selbst. Ich betrachtete ihre Gesichter, die ganz ruhig und friedvoll waren. Alexias Gesicht war weicher als Monas; sie hatte freundliche Augen und eine leichte Stupsnase, die sie manchmal vorwitzig aussehen ließ; ihr Mund war klein, und es sah aus, als hätte sie immer die Lippen zu einem Kuss gespitzt. Monas Gesicht war schmaler mit hohen Wangenknochen, ihre Augen blickten sanft und verträumt, auf ihrem Mund lag oft ein Lächeln, als müsste sie gerade an etwas besonders Schönes denken.

Die beiden rückten näher zusammen und umschlossen einander mit den Armen, mit mir in ihrer Mitte. Ich merkte, sie wollten mich teilhaben lassen an ihrer Verbundenheit, aber ich wehrte mich dagegen. Nicht, dass ich jetzt lieber allein gewesen wäre. Aber ich kam mir fehl am Platze vor. Ich betrachtete immer noch ihre Gesichter, und je mehr mir die Ähnlichkeit zwischen ihnen auffiel, desto mehr wollte ich einfach weglaufen.

Es war keine Ähnlichkeit im Aussehen. Sie war verborgener und reichte tiefer. Es war dieselbe Ähnlichkeit, die ich an meinem eigenen Körper entdeckt hatte und die uns alle miteinander verband. Hier, bei Mona und Alexia, war sie so offenbar und so stark, dass sie mir fast unheimlich wurde.

Sie lehnten über mich hinweg ihre Köpfe aneinander. Alexia blickte aufs Meer hinaus, und Mona hatte den Blick gesenkt, schaute gedankenverloren den Gräsern zu, die im Wind schaukelten. Was dachte sie gerade? In welchen Träumen oder Erinnerungen war sie unterwegs? Wer war sie eigentlich? Sie kam mir auf einmal fremd vor. Und in welche Ferne blickte Alexia? Was sah sie dort? Ich versuchte, ihrem Blick zu folgen, aber da war nur das Meer und die dunstige Linie des Horizonts. Eine Linie wie ein endgültiges Ziel. Doch Alexia schaute darüber hinweg in eine andere Welt. Woher kamen diese Erinnerungen und Träume? Vielleicht gerade aus jener fernen Welt, in die Alexia schaute? Waren die beiden immer schon hier gewesen, oder waren sie irgendwann einmal hierhergekommen? Sie waren älter und erfahrener als wir alle, und trotzdem konnte ich mir nicht vorstellen, dass sie einmal aus ihrem Leben erzählten und sagen würden: „Früher waren wir dort und dort und taten das und das." Sie schienen einander schon immer gekannt und geliebt zu haben. Sie waren Geschwister von Anfang an.

Alexia wandte den Kopf und strich Mona die Haarsträhnen aus dem Gesicht, die der Wind darübergeweht hatte. Mona blickte auf und schaute nun ihrerseits hinaus zu jener Ferne, aus der Alexia gerade zurückgekehrt war. Sie sah nachdenklich und ernst aus, während Alexia sie still lächelnd anblickte. Sie brauchten kein einziges Wort zu sagen. Zwischen ihnen bestand eine schweigende Übereinkunft, die sich in jeder Geste, in jedem Blick ausdrückte. Niemand würde sie jemals gefährden oder auch nur stören können, dachte ich auf einmal. Nun verstand ich, was Alexia mit Frieden gemeint hatte. Es war irgendwie dasselbe wie das, was ich Andacht nannte, etwas Heiliges und Unantastbares. Ich bekam eine Gänsehaut. Das war diese Schönheit, nach der ich mich so sehnte und die mir doch nicht genügte. Ich wusste in diesem Augenblick, dass zur Schönheit zwei gehörten und zwar zwei, die füreinander bestimmt waren. Schönheit war zwillingshaft, so wie Mona und Alexia Zwillinge waren. Und ich begriff, dort auf der Düne, in der Mitte zwischen ihnen, dass wir alle zu dieser Zwillingshaftigkeit hingelangen sollten. Mona und Alexia hatten sie schon erreicht. Wir anderen redeten und lachten miteinander und hatten uns gern; Mona und Alexia aber waren in ein ununterbrochenes Zwiegespräch vertieft. Sie liebten einander wirklich.

Das erschreckte mich so, dass ich am liebsten weggerannt wäre. Die Nähe wurde mir zu viel, das stumme Zwiegespräch machte mir Angst. Ich wusste damals nicht, was ich eigentlich erkannt hatte; ich ahnte nur, dass es da noch etwas über die beiden hinaus geben musste, etwas Drittes außerhalb von ihnen, etwas viel Wirklicheres als sie und wir alle. Denn, denke ich mir heute, wenn sie beide Spiegelbilder waren, dann musste es etwas geben, in dem sie sich spiegelten. Wir brauchten einander: Wir zeigten einander eine merkwürdig doppelgesichtige Schönheit und wussten nicht einmal, ob sie durch uns da war oder wir durch sie. Das alles hatte kein Ziel. Das führte nirgends hin, nur immer wieder zu uns selbst zurück.

Ich muss lange gestanden und mit mir gerungen haben. Trotzdem lief ich nicht weg. Ich ahnte, dass in der Ferne, in die die beiden blickten, ein Geheimnis verborgen lag, ein Geheimnis, das Mona und Alexia kannten. Wohin auch immer sie uns führten: sie taten es entschlossen und in klarem Wissen.

Alexia legte ihre Hand an meine Wange, ganz sacht. Ich spürte, dass ich das Schweigen zwischen ihnen nicht brechen konnte, jetzt nicht und niemals.

Ich war allein.

Wer war ich?

Ich entschloss mich, meine Sehnsucht für mich zu behalten. Niemand sollte etwas davon erfahren. Ich wollte ihr nachspüren und selbst herausfinden, wohin sie führte. Doch es sollte anders kommen.

Es war ein schöner Tag, als wir mittags zu einer unserer Promenaden aufbrachen. Wir packten Essen und Trinken in einen kleinen Rucksack, den Tess in den Korb ihres Fahrrads legte, und fuhren los. Die Hüte banden wir am Lenker fest, so dass uns während der ganzen Fahrt die bunten Bänder umflatterten. In den Feldern war es heiß, wir holperten über die Sandwege und fuhren um die Wette, damit der Wind uns kühlte. Kim schwitzte nicht einmal. Wenn wir langsamer fuhren, ließen wir eine Hand durch die Rapsstängel sausen, griffen manchmal zu und rissen ein paar ab und schwenkten die Büschel wie eine Trophäe. Bei einem Halt pflückte Kim roten Mohn und Stiefmütterchen und Vergissmeinnicht. Lena hatte mir die Namen einmal beigebracht. Es war eigentlich schade, dass sie nicht dabei war. In letzter Zeit sahen wir sie kaum noch. Keine wusste so recht, was sie die ganze Zeit machte. Tess sang leise vor sich hin und war guter Laune. Wir ließen die Räder stehen und liefen durch das Feld zum nahen Waldrand. Dabei schwenkten wir die Hüte und warfen sie uns im Laufen gegenseitig zu. Wir legten uns unter einen großen Baum mit ausladenden Ästen und schauten über das Land.

Das Land war ein blühender Garten. Die Wiesen standen voller Blumen, die Rapsfelder blühten gelb, und der Wald war hell und freundlich. Wir ließen die Fahrräder, wo sie waren, und stiegen in den Wald hinauf. Wir kamen auf eine Wiese hinaus, die ringsum von Bäumen umgeben war. Sie senkte sich in ein kleines Wiesental, und dort floss ein kleiner Bach.

„Wisst ihr, was wir jetzt machen?" fragte Kim.

Und schon hatten wir die Kleider ausgezogen, hängten sie in die Zweige und sprangen auf die Wiese hinaus. Ich war die erste am Bach. Das Ufer war lehmig, Blumen mit gelben Köpfen wuchsen da, die aussahen wie Butterröllchen. Der Bach war gerade so breit, dass man hinüberspringen konnte, und seicht. Ich stieg hinein und ging ganz schnell bis zur Mitte, wo eine kleine Kiesbank war. Das Wasser war kalt und klar, wir balancierten mit den Armen, weil barfuß auf den Steinen schlecht stehen war. Wir spritzten uns gegenseitig nass, und schließlich ging ich in die Hocke, dort, wo es am tiefsten war, und legte mich lang. Ich schwamm ein paar Stöße weit und stand weiter vorn triefend wieder auf.

„Herrlich!" rief ich. „Ist das herrlich!"

Wir lagen im Gras und ließen uns trocknen. Ab und zu brummte eine Hummel vorbei und hängte sich schwer an einen Blütenkelch. Käfer und kleine Mücken krabbelten uns über die warme Haut, dass es kitzelte. Im Wald rief ein Kuckuck. Immer wenn ich das hörte, wünschte ich mich in die Ferne, dorthin, wo der Vogel war. Es schien, als würde mich jemand rufen in ein Land, zu dem der Vogel Einlass gewährte. Würde ich einmal aufstehen und ihm folgen, dachte ich, dann würde ich mein Leben lang durch Wald und Flur irren, dem Lockruf hinterherjagen und nie mehr zurückkehren. Ein schwermütiger Gedanke, wie ich da so zufrieden im Gras lag und die Sonne mir den Bauch wärmte.

„Ein Brauthimmel", sagte Tess verträumt, „würde Claire jetzt sagen."

„Ja, ein Brauthimmel," stimmte ich schläfrig zu. „Wer soll denn heute verheiratet werden?"

„Wir sind doch alle Bräute!", neckte Tess und kitzelte mich mit einem Grashalm am Ohr. „Wir warten doch alle auf unseren Bräutigam."

Plötzlich verstummten wir. Tess erschrak über das, was sie gesagt hatte. Sie hatte sich nichts dabei gedacht. Aber uns allen fiel sofort der Junge ein, den Lena gesehen hatte. Ich richtete mich auf und blickte Kim an. Auch sie war ernst geworden. Wenn wir jetzt nicht darüber reden, dachte ich, werden wir es nie tun und Lenas Entdeckung wird zu einem gefährlichen Spuk werden, wie Claire es gesagt hatte. Ich wartete, wer zuerst das Thema ansprechen würde. Aber keine der beiden hatte den Mut dazu.

„Sagt mal", begann ich, „wie stellt ihr euch eigentlich den Jungen vor?"

„Ich weiß nicht", sagte Tess sofort abwehrend. „Ich weiß nicht, wie Jungen aussehen. Ich weiß nicht einmal, ob es welche gibt." Und sie sprang auf und lief über die Wiese zum Rand des nächsten Wäldchens, wo sie Blumen zu pflücken begann.

Kim blickte mich nachdenklich an. Sie streckte mir ihre Hand hin. Ich nahm sie und schaute sie fragend an. „Weißt du", sagte sie leise, „ich denke, er ist wie wir."

„Wie meinst du das?"

„Es ist ein scheuer, wilder Junge, der zu uns gehören möchte. Er ist vielleicht auf der Suche nach seinem Zuhause."

Kim rückte näher, ich hielt noch immer ihre Hand,

sie schaute an mir vorbei über die Wiese, während sie erzählte:

„Manchmal stelle ich mir vor, wie er sich dem Herrenhaus nähert, im Park stehenbleibt, sich im Schatten eines Baumes versteckt, um zu sehen, ob sich im Haus etwas regt. Dort wartet er, bis es Abend wird. Es wird kühler, die Schwestern kommen lachend und fröhlich heraus, sitzen plaudernd auf den warmen Steinmauern und baumeln mit den Beinen. Und er weiß endlich: Jetzt wird er es wagen. Er will heraustreten und sein wie sie. Rein, ohne Schuld. Er will nackt hervortreten aus seinem Versteck mitten unter ihre Fröhlichkeit und sich zeigen. Damit alle ihn sehen. Und so stellt er sich in seinem Versteck vor, wie einen Augenblick alle nur dastehen und ihn anschauen, ihre verwunderten, heiteren Blicke verwirren ihn, sodass er verschämt wieder weglaufen will, wie er es immer getan hat. Und dann lachen sie plötzlich auf, kommen gelaufen und umringen ihn und nehmen ihn in den Arm, und jede ruft seinen Namen und ruft: Dass du da bist, Bruder! Dass du endlich heimgefunden hast!"

In Kims Augen traten Tränen. Sie drückte fest meine Hand. So hatte ich Kim noch nie erlebt. Dass sie so erzählen konnte! Fast sah ich den Jungen vor mir und konnte fühlen, was er fühlte.

„So stellt er es sich vor in seinem Versteck. Aber er hat Angst, dass seine Hoffnung wieder enttäuscht wird. Das Licht schwindet, im Haus regt sich nichts. Der Garten liegt still und verlassen. Es ist nicht der richtige Garten, nicht das richtige Haus. Er kann sein Zuhause nicht finden, so oft er auch die Welt seiner

Schwestern betritt."

„Kim, liebe Kim", sagte ich und nahm sie in den Arm. Doch sie weinte nicht. Sie starrte nur weiter in die Ferne.

„Was ist denn das für ein Zuhause?", fragte ich beunruhigt.

Claire hatte recht behalten. Kim musste Lenas Entdeckung so sehr beschäftigt haben, dass sie sich diese Geschichte ausgedacht hatte. Ein Wunschtraum. Und der hatte nun von ihr Besitz ergriffen und machte sie unglücklich.

„Was denn für ein Zuhause, Kim? Wieso sollte der Junge denn zu uns wollen? Er ist doch keine Jungfrau. Das stimmt doch alles gar nicht."

„Ich weiß nicht", antwortete Kim gedankenverloren und streifte meine Arme von sich ab. „Ich stelle mir eben vor, dass der Junge wie wir ist. Vielleicht ist gar kein großer Unterschied –"

„Hör auf damit!", unterbrach ich sie.

Und Kim schaute mich nur ruhig an. Ich wusste, was sie dachte. Sie würde nun nichts mehr sagen, aber sich weiterhin ihre eigenen Gedanken machen. Die Vorstellung von dem Jungen ließ sie nicht los, und keine von uns konnte Einfluss darauf nehmen, zu welchem Ergebnis Kim kommen würde.

Tess kam herüber und hielt einen Strauß Waldlilien in der Hand. „Schaut mal!", sagte sie. „Und wie die riechen!"

Da knackte es laut in dem Wäldchen. Tess blieb erstarrt stehen, Kim fuhr herum und schaute hinüber, aber ich tat, als wäre nichts gewesen.

„Was habt ihr denn?", fragte ich betont gleichgültig. „Das war vermutlich ein Fuchs."

Trotzdem rührten wir uns nicht und lauschten, ob noch ein Geräusch zu hören war. Im Laub raschelte es, aber das war auf jeden Fall ein Vogel. Es flatterte, dann hörten wir das Zetern einer Amsel.

„Merle singt schöner", sagte Tess. Wir mussten lachen, und das Lachen löste die Spannung.

Wir liefen zurück zum Gebüsch, in dem wir unsere Kleider hängen hatten, zogen uns an und schlugen den Weg zu den Fahrrädern ein. Wir fanden nicht gleich die Richtung, Kim schaute nach dem Sonnenstand, und schließlich kamen wir weit unterhalb der Stelle, wo wir zuerst am Waldrand gelegen hatten, wieder heraus. Wir durchquerten ein großes Kleefeld und erreichten endlich den Feldweg. Dort bei dem Rapsfeld standen unsere Fahrräder, als hätten wir sie eben abgestellt. Wir banden die Hüte am Lenker fest, fuhren nach Hause und hatten bald unsere gute Laune wiedergefunden.

Dennoch vergaß ich nicht, was wohl jede von uns dort auf der Wiese erwartet hatte, die eine vielleicht gefürchtet, die andere erhofft: dass plötzlich der Junge dagestanden und uns angeschaut hätte wie Lena. Dieses Erlebnis machte mir klar, dass der Junge tatsächlich überall und jederzeit auftauchen konnte. Zwar rechnete keine allen Ernstes damit. Das Ganze konnte immer noch Lenas Einbildung gewesen sein. Genaues erfuhren wir ja nicht. Aber manchmal wurde mir ein wenig unheimlich, wenn ich daran dachte, dass wir nackt und unbekümmert im Gras gelegen und uns völlig allein gefühlt hatten, während uns vielleicht aus einem Wäldchen ein Augenpaar beobachtet hatte, Augen, von denen wir nicht wussten, mit welchen Blicken sie uns musterten.

Immer mehr hatten nun den Jungen gesehen. Wir erfuhren nur durch Gerüchte davon. Angelina und die Römerin und Sina, sogar Kaj und Kätzchen, die sich sonst nie weit vom Herrenhaus entfernten, wollten ihn entdeckt haben. Mal von fern am Waldrand, mal ganz nah in einem Gebüsch oder auf der Wiese, als er plötzlich mitten unter sie getreten sein wollte. Juliette erzählte, dass sie sogar mit ihm gesprochen habe, aber nachdem Mona und Alexia mit ihr geredet hatten, gab sie zu, dass das nicht stimmte. Sie hatte ihn nicht einmal gesehen. Einerseits hätten wir zu gerne mehr gewusst und waren neugierig; andererseits beunruhigten die Berichte von diesen Entdeckungen die Jüngeren, und Mona und Alexia hielten es für besser, wenn wir nicht nachforschten. Von uns zehn hatte ihn außer Lena noch keine gesehen.

Es war nicht so, dass wir dauernd daran dachten. Aber wenn wir unterwegs waren, schauten wir uns doch manchmal aufmerksam um. Ich wusste nicht, ob ich mich vor einer Begegnung fürchtete oder sie erhoffte. Vielleicht keines von beiden. Ich glaubte immer noch nicht, dass es diesen Jungen wirklich gab. Viel mehr beschäftigte mich der Gedanke, dass unsere Zusammengehörigkeit als Schwestern nicht alles sein könnte.

An einem Nachmittag waren wir draußen am Weiher, Kristina und Claire und ich. Claire hatte sich ins

Boot gesetzt und war hinausgerudert. Sie sprang von dort aus ins Wasser und schwamm umher, still und ausdauernd. Kristina und ich saßen auf dem schmalen Steg und genossen die Kühle und die friedliche Stimmung am Waldrand. Kristina streckte ein Bein aus und plätscherte mit den Zehen im Wasser. Ich saß unter meinem Hut und hörte auf die Vögel. Ab und zu machte Claire ein Geräusch, wenn sie tauchte oder prustend wieder hochkam.

„Ich war fast auf dem Grund!", rief sie uns zu.

Ihre Stimme kam dünn und ohne Echo über den See. Kristina stützte sich mit beiden Händen auf dem Steg ab und hatte ihren Kopf auf die linke Schulter gelegt. Ihre blonden Haare fielen darüber wie ein Vorhang. Einmal schaute ich sie aus den Augenwinkeln an: Ihre Ohrstecker, die sie trug, blitzten im Licht, und ihre Augen war so blau wie der Himmel über den Baumkronen.

Kristina mochte ich nicht so gern wie die anderen, wenn ich ehrlich war. Sie hielt sich für besonders schön und tat, wenn sie mit anderen zusammen war, immer so, als wären sie ihr besonders wichtig. Dabei ging es ihr meistens bloß darum, ihre eigene Meinung durchzusetzen. Und weil sie es raffiniert anstellte, schaffte sie es auch oft. Suzette durchschaute sie und sagte ihr das manchmal offen ins Gesicht. Suzette wollte immer, dass es zu einer Auseinandersetzung kam, wenn eine anderer Meinung war. Kristina verhielt sich vorsichtiger. Wie sie jetzt so dasaß und scheinbar arglos ihrem Fuß zusah, wie er im Wasser spielte, wusste ich, dass sie mich etwas fragen wollte.

„Sag mal", begann sie tatsächlich nach einer Weile, „was würdest du tun, wenn du dem Jungen begegnen würdest?"

„Wieso interessiert dich das?", entgegnete ich. „Denkst du etwa über den Jungen nach?"

„Ich?", entrüstete sie sich. „Aber nein. Ich halte mich an das, was Mona und Alexia sagen. Ob es den Jungen nun gibt oder nicht: Es bringt nichts, wenn wir uns damit beschäftigen."

„Und wenn er *dir* nun begegnen würde?", fragte ich gespielt treuherzig, damit Kristina nicht merken sollte, dass ich zum Gegenangriff übergegangen war. „Dann müsstest du dich mit ihm beschäftigen."

„Und du? Willst du denn, dass er dir begegnet?", fragte sie zurück.

Ich zuckte die Achseln. „Ich weiß nicht, was ich von dem Ganzen halten soll."

„Ich glaube, ich wäre einfach neugierig", erzählte sie auf einmal. „Ich würde wissen wollen, woher er kommt und was er hier sucht."

„Nein. Auf keinen Fall!", rief ich. Das ging mir nun doch zu weit. „Ich würde weglaufen!", sagte ich entschieden. „Mona und Alexia würden es sicherlich nicht gern sehen, wenn du mit ihm reden würdest", fügte ich listig hinzu.

Kristina plätscherte im Wasser und lächelte hochmütig. „Vielleicht doch. Vielleicht würden auch sie gerne wissen, wer der Junge ist. Weißt du, ich finde auch, dass er eigentlich zu uns gehört. Er weiß es nur nicht."

Ich wurde hellhörig. „Wieso? Wer findet das noch?"

Sie beugte sich vor und ergriff mit ihren Händen meinen Arm. „Wir sollten ihn sogar suchen, finde ich. Wir sollten ihm helfen. Wir sollten herausfinden, weshalb er hier herumstreift, und ihm anbieten, hier zu bleiben."

„Ein Junge? Hier? Du bist verrückt!"

„Ach, Janine", sagte sie übertrieben enttäuscht. „Wir sollten uns in dieser Sache nicht von Gefühlen oder wirren Träumen leiten lassen. Wir sollten die Angelegenheit nüchtern prüfen. Wer weiß," meinte sie geheimnisvoll, „vielleicht bringt uns der Junge ja etwas Neues, etwas, das wir noch gar nicht kennen. Wir hätten sicher einen Gewinn davon."

Ich ließ mir nichts anmerken und blickte weg, sodass Kristina mein Gesicht unter dem Hut nicht sehen konnte. Was wollte sie nur? Dieses Gerede von Nüchternheit und Gewinn stammte offensichtlich nicht von ihr. Hatte sie mit Mona und Alexia darüber gesprochen? Oder wollte sie, dass ich das glaubte? Aber wozu? Ich hatte Angst, zuviel von meinen eigenen Gedanken preiszugeben, aber ich war neugierig geworden, was Kristina von der Sache hielt.

„Brauchen wir denn etwas Neues?", fragte ich behutsam.

Kristina lachte. Sie warf dabei den Kopf zurück, dass ihre Haare hüpften, und zog die kleine Nase hoch. „Aber Janine!", rief sie tadelnd. „Wir sind doch vollkommen. Wir brauchen doch nichts. Aber denk doch einmal an den Jungen!"

„Wieso?", fragte ich verwirrt.

Claire kletterte draußen wieder in ihr Boot, ergriff

die Ruder und wendete. Im Schilf paddelten ein paar Enten.

„Er braucht uns. Er wird erkennen, wer wir sind. Glaubst du das nicht? Er wird unsere Schönheit sehen, unsere Anmut. Denkst du denn, das wird ihm nicht gefallen? Er wird hingerissen sein! Er ist sicherlich noch keiner Jungfrau begegnet. Aber vermutlich ist er auf der Suche nach ihnen. Nach uns, Janine! Und stell dir vor, wie das für ihn sein muss, wenn er uns findet!"

„Augenblick!", wandte ich ein. „Er hat uns ja schon gefunden. Wenn es ihn wirklich gibt. Und überhaupt sind das alles bloß Hirngespinste! Niemand kann das wissen. Du denkst zuviel über den Jungen nach, Kristina", sagte ich schwesterlich und nahm ihre Hände.

Sie zog langsam ihre Hände unter meinen vor und schaute mich an. Ihre blauen Augen waren wirklich sehr schön. Ich mochte sie nur deshalb nicht gern anschauen, weil so viel Hochmut darin lag. Jetzt aber blickten sie ernst und fast zärtlich.

„Du hast recht, Janine", gestand sie. „Das können wir nicht wissen. Aber ich bin überzeugt, der Junge musste zu uns kommen. Er soll uns prüfen."

Claire ruderte auf uns zu. Bald war sie in Hörweite. Sie hatte ihre Bluse und den Rock über den nassen Leib gezogen, sodass sie nun durchsichtig auf der Haut klebten.

„Er ist für uns da", fuhr Kristina leise und eindringlich fort. „Durch ihn wird unsere ganze Schönheit erst richtig offenbar werden. Hast du noch nie darüber nachgedacht, für wen unsere Schönheit eigentlich da sein soll? Weil wir Schwestern sind, entdecken wir uns immer nur selbst in der anderen. Aber wenn einer von außen kommt, einer, der ganz anders ist, dann können wir uns ganz neu entdecken. So, wie wir wirklich sind. Verstehst du das nicht?"

Was Kristina meinte, verstand ich tatsächlich nicht. Ich merkte nur, dass auch sie sich schon über uns und unsere Jungfräulichkeit Gedanken gemacht hatte. Das überraschte mich zuerst, und beinahe hätte ich ihr von meinen Überlegungen erzählt, nur weil da endlich eine war, die die gleichen Fragen stellte wie ich. Aber Kristina sagte weiter: "Dadurch, dass der Junge zu uns kommt, wird unsere Jungfräulichkeit noch kostbarer."

"Und was wird mit dem Jungen dann sein?", fragte ich zögernd.

Claire hatte die Ruder eingelegt und stand auf, um den Strick zu nehmen. Noch kehrte sie uns den Rücken zu.

"Ich kann es mir schon richtig vorstellen. Wir nehmen ihn an der Hand und stellen ihn in unsere Mitte. Wir werden ihn ansehen, nackt. Er wird aussehen wie wir. Ja, Janine, das glaube ich: Er könnte imgrunde eine von uns sein. Und das werden wir ihm anbieten: Willst du eine von uns werden? Er wird verwirrt und beschämt zu Boden blicken. Denn er weiß, dass er ein Junge ist, ein schmutziger, hässlicher Junge. Wir werden ihm ein schönes Kleid anziehen und ihm einen neuen Namen geben, und er wird unter uns leben. Er wird jeden Tag unser Spiegel sein. Dazu ist er da. Er wird uns anbeten, verstehst du?"

Ich nickte stumm. Claire hatte sich umgedreht und warf mir den Strick zu, ich fing ihn auf und band das

Boot fest. Claire kletterte auf den Steg, dass er schwankte. Kristina spielte wieder mit ihrem Fuß im Wasser und hatte den Kopf auf die Schulter gelegt, als wäre nichts gewesen.

Den ganzen Nachmittag redeten wir nicht mehr darüber. Aber ich hatte verstanden, was Kristina sich da ausgedacht hatte. Es war so gemein und ungeheuerlich, dass mir fast übel wurde. Weshalb, wusste ich nicht genau. Ich hatte nur das Gefühl, als würde dadurch dem Jungen ein furchtbares Unrecht angetan, und ich konnte mir nicht vorstellen, dass er das geschehen lassen würde. Aber was wusste ich von Jungen? Vielleicht hatte Kristina wirklich mit Mona und Alexia gesprochen. Und neben all dem musste ich erkennen, dass auch ich mir längst ein Bild von dem Jungen gemacht hatte. Ein Fantasiebild. Einen eigenen Traum. Wir waren alle nicht mehr frei davon.

„Kommst du mit?" rief Nasti in der Tür. „Wir machen einen Ausflug zum Wasserfall. Mona wartet unten." Bevor ich antworten konnte, war Nasti schon wieder verschwunden. Es war ein heißer Nachmittag, ich saß im Korbsessel und schrieb in mein Büchlein, nicht die Gedanken und Erkenntnisse, die mich bewegten, sondern kleine, träumerische Fantasiegeschichten. Ein Ausflug würde mich da nur herausreißen, dachte ich. Ich zögerte und hörte unten im Park eine Menge Stimmen und Gelächter. Einen kurzen Augenblick lockte mich der Ausflug, und zwar deshalb, weil wir doch dem Jungen begegnen könnten, wir, ein Haufen von Schwestern und Mona dabei, und der Junge, der stumm und scheu unter Bäumen am Waldrand stünde und uns ansähe. Aber dann merkte ich, dass ich für eine Begegnung gar nicht reif wäre. Ich wollte mir zuerst weiter Gedanken darüber machen, was ich selbst von dem Jungen hielt, was ich mir vielleicht insgeheim erhoffte oder befürchtete. Erst wenn ich das wüsste, könnte ich eine Begegnung ertragen. Trotzdem stand ich auf und ging nach unten, um der abziehenden Gesellschaft zuzusehen. Neben Alexia waren ja noch andere im Haus, ich würde nicht allein sein. Ich kam gerade noch rechtzeitig, um sie auf Fahrrädern die Kiesauffahrt hinunterfahren und zwischen den hohen Bäumen des Parks verschwinden zu sehen. Alice war mitgefahren. Schade, dachte ich. Denn ich hatte immer noch nicht mit ihr geredet.

Das war eigentlich merkwürdig, da wir doch zusammen in einem Zimmer wohnten. Alice schien von dem Wirbel um Lenas Entdeckung überhaupt nicht berührt. Alice war sicherlich zu klug, um sich auf wilde Fantastereien einzulassen. Andererseits hatte ich schon oft erlebt, wie sie Dinge sagen konnte, die nur sie verstand. Soweit ich sie kannte, hatte auch sie ihre eigenen Träume. Und sie besaß einen untrüglichen Spürsinn gegenüber uns Schwestern, was wir wirklich fühlten und meinten und was wir vor den anderen verbargen. Ihr erster Eindruck von einer Sache oder einer Person stimmte meist. Eingebung, sagte sie dann immer. Manchmal war mir das ein wenig verdächtig. Ich verließ mich mehr auf Beobachtungen und das, was ich von jemandem wusste. Aber hier, was den Jungen anging, wusste ich gar nichts, und statt Beobachtungen hatte ich nur Gerüchte. Vielleicht hatte ja Alice etwas herausgefunden, was keine sonst wissen konnte. Ich beschloss, sie gleich nach ihrer Rückkehr zu fragen. Hoffentlich würden wir heute Abend in unserem Zimmer allein sein!

Die Tür zur Bibliothek stand offen. Ich war schon lange nicht mehr darin gewesen, die meisten Bücher kannte ich. Wäre es allerdings möglich, dass es Bücher gab, die von Jungen erzählten? Würden Mona und A-lexia das dulden? Vorsichtig öffnete ich die Tür ein Stück weiter und horchte. Nichts war zu hören. Weder in der Bibliothek noch auf dem Treppenflur. Erst als ich schon halb in der Tür stand, hörte ich ein leises Geräusch: das Umblättern einer Buchseite. Ich blieb stehen, und seltsamerweise schlug mir das Herz bis zum Hals. Weshalb hast du Angst?, fragte ich mich. Wir haben hier noch nie Grund zur Angst gehabt. Was war nur los mit uns allen? Wieder hörte ich einen Laut, diesmal ein sachtes Stöhnen wie von jemandem, der schläft und dabei einen Traum hat. Behutsam spähte ich hinein und sah Alexia auf dem Kanapee liegen, den Rücken zu mir gewandt. Sie las. Auf dem Teetisch stand eine Schale mit Früchten. Im Licht des Fensters schimmerte der Spitzensaum der Tischdecke. Ein silberner Schein lag auf den geschnitzten Rundungen der Lehne.

Als ich Alexia so still und allein sitzen sah, in die Seiten ihres Buches versunken, bekam ich auf einmal einen ungewöhnlichen Mut. Alle Befangenheit Alexia gegenüber war verflogen. Ich wollte hingehen und sie offen fragen, was sie von dem Jungen wusste, weshalb er zu uns gekommen war, was mit Lena passiert war, und vor allem: was meine Unzufriedenheit und Sehnsucht zu bedeuten hatten. Es war mir egal, wie viel ich von mir selbst preisgeben würde. Und ich wusste, Alexia würde mir antworten. Ich hatte erst ein paar Schritte auf das Kanapee zu gemacht, als Alexia aufblickte, ganz ohne Überraschung, und den Finger an die Lippen hob. Wusste sie bereits, was ich sie fragen wollte? Aber sie deutete vor sich auf ihren Schoß, und erst als ich um das Kanapee herumgegangen war, entdeckte ich, dass Suzette dort lag. Suzette mit ihrem langen goldenen Haar, das über ihre Schultern und Arme floss und das schlafende Gesicht völlig verdeckte. Sie hatte sich in Alexias Schoß vergraben, die Beine angezogen, sodass sie unter dem Rock verschwanden. Einen Arm hatte sie auf ihrer Hüfte liegen, mit dem anderen umschlang sie Alexias Beine. Suzette, die wilde, aufrührerische, kluge Suzette. Es kam mir vor wie Verrat.

Alexia blickte wieder in ihr Buch und merkte nicht, was in mir vorging.

Einen Augenblick stand wie ich angewurzelt da. Ich sah, wie Alexias Hand sacht Suzettes Arm streichelte, abwesend, mit einer fürsorglichen und selbstverständlichen Zärtlichkeit.

Was ich in diesem Anblick alles sah, konnte ich nicht gleich erfassen. Ich drehte mich auf der Stelle um und lief aus dem Zimmer. Ich rannte die Treppen hinauf und warf mich auf mein Bett. Es war dämmrig im Zimmer. Ich stand wieder auf und riss die Vorhänge zur Seite. Draußen war es hell und heiß, ein süßer Geruch nach Wald und Wiese wehte mit dem Wind herein. Dann setzte ich mich aufs Bett und saß nur da, schüttelte fassungslos den Kopf. Allmählich beruhigte ich mich und versuchte herauszufinden, was mich an diesem Anblick so bestürzt hatte. Ich wusste ja, dass Alexia und Suzette sich gut verstanden. Ich hätte mir denken können, dass Suzette so etwas wie Alexias Liebling war, und sicherlich war mir an Alexias Zuneigung nicht so viel gelegen wie an Monas. Weshalb hatte mich diese Nähe zwischen ihnen so getroffen? Mein Blick fiel auf den Spiegel, in dem sich schattenhaft die Wedel einer Topfpflanze und ein Teil der Wand widerspiegelten. Und plötzlich begriff ich, dass Alexia Suzette beschützte.

Alexia kannte unser Geheimnis tiefer und länger, Suzette wühlte es gerade so sehr auf – das alles hatte mit dem Jungen nichts zu tun. Vielleicht hatten sie darüber geredet. Suzette hatte bei ihr Zuflucht gesucht wie ich bei Mona. So muss das bei mir ausgesehen haben, dachte ich. Dieselbe Vertrautheit, dieselbe Zärtlichkeit. Alexia und Mona bewahrten uns den Sommer, der nie endete. Sie sorgten dafür, dass niemand und nichts unseren Frieden stören konnte. So war es immer gewesen. Und wir kamen zu ihnen unter ihre Obhut und waren begierig nach dem, was sie für uns bereithielten. Suzette tat das, wir alle taten das. Auch ich. Ich war kein bisschen anders.

Und jetzt wusste ich auch, weshalb ich Suzettes Flucht in Alexias Schoß als Verrat empfunden hatte. Suzette stimmte ihnen zu. Ja: Imgrunde war Suzette mit allem einverstanden, so, wie es war. Auch wenn sie trotzig nachfragte und auf ihren eigenen Ansichten beharrte. Imgrunde war sie eins mit ihnen. Wie wir alle. Wie ich auch gewesen war.

Aber ich war es nicht mehr.

Das Auftauchen des Jungen hatte etwas verändert. Vielleicht ging es den anderen auch so. Vielleicht täuschte auch der Friede, den Suzette in Alexias Schoß empfand. Ich wurde den Verdacht nicht los, dass irgendetwas im Gange war, wovon ich nichts wusste. Schon bei Kristina hatte ich dieses Gefühl gehabt. Aber dass Suzette so mit Alexia vertraut war, Suzette, von der die anderen sagten, sie hätte den Jungen auch schon gesehen, das weckte mein Misstrauen. Kümmerte sich Alexia deshalb so um sie? Hatten sie etwa darüber ein Gespräch gehabt und Suzette durfte sich nun unbesorgt bei Alexia ausruhen?

Gerne hätte ich geweint. Schon lange hatte ich nicht mehr geweint. Aber ich konnte nicht. Ich war traurig und wütend zugleich. Ich saß wie gelähmt und wäre doch am liebsten aufgesprungen und davongelaufen. In den Wald hinein, weit weg, auf irgendeine Lichtung hinaus und dort würde der Junge stehen und mich ansehen, schweigend, ernst. Ich würde auf ihn zulaufen und ihn umarmen wollen, aber kurz davor würde mich eine Scheu ergreifen, ein Zurückweichen wie vor einer todbringenden Wahrheit. Ich müsste den Kopf senken, weil ich ihn nicht mehr ansehen könnte, so schön wäre er. Viel schöner als ich. Und ich würde auf die Knie fallen und mir die Ohren zuhalten aus Angst, er könnte reden und seine Stimme würde mich zugrunderichten, so wunderschön wäre sie. Und ich würde mich abwenden, würde weggehen und auf ihn fluchen, die

Fäuste ballen, weil ich seine Schönheit nicht ertragen könnte.

Ohnmächtig saß ich da, hob nicht einmal die Hände ans Gesicht, schloss nicht einmal die Augen. Woher ich diesen Traum hatte, wusste ich nicht. Auf einmal war er da, und er war anders als das, was ich mir bisher über den Jungen gedacht hatte. Das war meine wirkliche Sehnsucht, erkannte ich. Die Andersartigkeit des Jungen hatte nichts damit zu tun, dass er kein Mädchen war. Und dass wir Jungfrauen waren, berührte ihn gar nicht. Seine Schönheit war eine vollkommen andere als unsere. Eine fremde, unbegreifliche Makellosigkeit. Er konnte ja keine Jungfrau sein, denn er war kein Mädchen. Und er war auch kein Spiegel, in dem wir uns selbst sehen konnten, wie wir uns liebten. Im Gegenteil: Er war ein Zerrspiegel, ein grässliches Gegenbild, an dem wir zerbrechen müssten, wenn wir es ernstnehmen würden.

Der Junge war gefährlich.

Noch verstand ich nicht genau, weshalb. Und noch begriff ich nicht, weshalb mich die Vorstellung, vor ihm zu stehen und vor seiner Makellosigkeit endlich aufgeben zu müssen, so glücklich machte. Ich musste verrückt geworden sein! Wie alle anderen hatte die Entdeckung des Jungen die absonderlichsten und kindischsten Träume bei mir wachgerufen. Sie hatte mich schon so sehr verwirrt, dass ich nicht mehr wusste, was richtig war: meine eigenen Fantasien oder die Obhut der großen Schwestern.

Ich musste eingeschlafen sein auf meinem Bett. Ich erwachte an einem Kitzeln an meiner Wange. Zuerst schreckte ich hoch, erkannte dann aber Suzette. Sie hatte sich über mich gebeugt und sah mich mit großen Augen an. Dann lächelte sie. Sofort fiel mir das Bild der schlafenden Suzette im Schoß von Alexia ein, und ich richtete mich auf.

„Hast du gut geschlafen?", fragte sie fürsorglich.

„Und du?", gab ich zurück und zog mein Kleid zurecht, band die Kordeln vor der Brust zu einer Schleife.

„Was meinst du?", fragte sie verständnislos.

„In Alexias Schoß", sagte ich rundheraus. Ich hatte keine Lust mehr zum Versteckspielen.

„In Alexias Schoß? Natürlich. Warum auch nicht? Was hast du denn?"

Ich zuckte die Schultern und wandte mich ab. Als ich aufstehen wollte, hielt sie mich am Arm fest.

„Was ist denn los, Janine? Du bist so komisch in letzter Zeit."

Ich horchte auf. War mein Verhalten nach außen hin schon auffällig? Konnten Mona und Alexia bereits etwas geahnt haben? Wieder dachte ich an Suzette, die vielleicht mit Alexia über den Jungen geredet hatte, und daran, dass im Verborgenen etwas vorging, wovon ich nichts wusste. Ich wurde wütend.

„Was ist mit dem Jungen, Suzette? Sag mir die Wahrheit: Hast du ihn gesehen?"

Suzette schaute mich entgeistert an, dann lachte sie freundlich und warf den Kopf zurück, dass ihre Haare hüpften. So kannte ich sie ja, mit blitzenden blauen

Augen und selbstsicher: Suzette, weiß und rein wie eine Lilie. Das glaubte ich nicht mehr.

„Natürlich habe ich ihn nicht gesehen", sagte sie bestimmt. „Wer behauptet denn so etwas? Langsam fangen alle an, verrückt zu spielen."

„Du hast recht", räumte ich ein. „Es sind viel zu viele Gerüchte im Umlauf. Aber das liegt nur daran, dass keine etwas Sicheres weiß. Keine weiß genau, wer außer Lena ihn eigentlich gesehen hat."

„Lena?" Suzette runzelte die Stirn. „Seltsam, ich habe Lena seit Langem nicht mehr gesehen. Weißt du irgendetwas von ihr?"

Das erstaunte mich. In meinem Argwohn hatte ich gehofft, Suzette mit der Erwähnung Lenas eine unbedachte Äußerung entlocken zu können. Es schien aber so, als wüsste Suzette genauso wenig wie ich.

„Was hast du mit Alexia geredet", fragte ich, „vorhin in der Bibliothek?"

„Nichts", antwortete sie kurz. Sie überlegte einen Augenblick lang und schaute mich prüfend an. Dann gab sie sich einen Ruck und sagte leise: „Ich wollte Alexia auf den Jungen ansprechen, Janine. Ich kann mir einfach nicht vorstellen, dass die beiden nichts wissen."

„Und?"

„Sie ist nicht darauf eingegangen. Sie hat mich nach meinen persönlichen Wünschen gefragt, ob mir etwas fehlen würde oder ob ich unzufrieden wäre. Wir haben dann wie immer ein bisschen vertraulich geredet, aber ich habe mich sehr zurückgehalten. Ich will endlich Antworten."

„Worauf?", fragte ich und empfand plötzlich eine tiefe Zuneigung für Suzette. Wahrscheinlich hatte ich mich in ihr getäuscht. Auch sie hatte ihre Fragen, die ihr niemand beantworten konnte. Auch sie hatte Träume und Gedanken, die sie verwirrten und mit denen sie täglich herumkämpfte. „Antworten worauf, Suzette?"

Sie senkte den Kopf und schwieg. Ich schaute sie eine Zeitlang an und legte dann meine Hand in ihren Nacken. Sie legte den Kopf zurück und schloss die Augen.

„Ach, Janine", flüsterte sie. Dann beugte sie sich vor und legte ihr Gesicht an meine Schulter. Ich umarmte sie und hielt sie fest. Sie weinte nicht, aber sie musste ziemlich erschöpft und durcheinander sein.

„Ich habe so viele Fragen, Janine. Und mit niemandem kann ich darüber reden."

Jetzt, dachte ich. Jetzt musst du etwas sagen. Wir waren zwar nie sehr enge Freundinnen gewesen, aber ich wusste wohl, dass Suzette mich sehr gern hatte. Vielleicht hatte sie mir schon immer Dinge anvertrauen wollen, die sie sonst mit niemandem besprechen konnte. Und ich hatte jetzt die Gelegenheit, meinerseits mein Herz zu öffnen und ihr zu zeigen, dass ich sie gut verstand. Vielleicht kämen wir sogar gemeinsam zu einer Lösung.

Doch in dem Moment, als ich etwas sagen wollte, drückte sich Suzette an mich und umarmte mich heftig. Sie kroch auf meinen Schoß, ich spürte ihren Po und ihre Hüften unter dem dünnen Kleid, als hätte sie nichts an. Dann hob sie den Kopf und blickte mich direkt an. Ihr Blick war weich und traurig, aber auch unruhig und voller Sehnsucht.

„Ich würde alles geben, um dem Jungen zu begegnen, Janine. Der Junge kommt aus einer Welt, die wir nicht kennen. Die außerhalb unserer Welt liegt. Verstehst du, was ich meine?"

Ich nickte und wollte sie auf meinem Schoß ein wenig zurückschieben, doch sie hielt mich fest.

„Dort, von woher der Junge kommt, da wartet ein ganz anderes Leben auf uns. Ein Leben, wie wir es uns nicht vorstellen können. Etwas völlig Neues."

„Gefällt dir denn unser Leben nicht?", fragte ich behutsam. „Bist du nicht glücklich?"

„Es gibt Wichtigeres als Glück", sagte sie und lachte bitter. So ein Lachen hatte ich noch nie von ihr gehört. Ich schaute sie erstaunt an. Und als würde ich zum erstenmal ihre wirkliche Schönheit sehen, erschien sie mir wie ein herrlicher Vogel, der seine Flügel ausgebreitet hat und sich bereitmacht zum großen Aufbruch.

„Jetzt bist du aber der Sommervogel", sagte ich leise, „der seine Hüllen abstreift."

„Ja", bestätigte sie nachdenklich. „Das Auftauchen des Jungen gibt mir die Kraft und den Mut dazu."

„Aber – ich verstehe nicht –", warf ich ein. „Geht es denn vielen Schwestern so wie dir und mir? Sind wir nicht immer glücklich gewesen? Waren wir einander nicht immer das Schönste, was wir uns vorstellen konnten?"

Suzette zuckte die Schultern. „Das spielt keine Rolle mehr. Das Neue ist da. Und ich will es sehen. Ich will endlich frei sein.“

Bekümmert blickte ich an ihr vorbei ins Zimmer hinein. Im Spiegel sah ich uns sitzen, eng aufeinander, ein Lichtschimmer spielte in Suzettes durchsichtigem Kleid. Ich wollte nicht länger in ihre trotzigen, kämpferischen Augen schauen. Aber das Bild im Spiegel behagte mir noch weniger, stellte ich auf einmal fest. Durch den Stoff des Kleides hindurch sah ich die Umrisse von Suzettes Körper, der runde Po, der biegsame Rücken, und sie auf meinen Knien sitzend, an mich gedrückt. Und während ich noch schaute, erkannte ich, dass dieses Bild dasselbe Zwillingsbild war, das ich bei Mona und Alexia gesehen hatte und überall bei meinen Schwestern, das mich verfolgte und das ich immer mehr zu verabscheuen begann. Wir waren uns alle viel zu ähnlich. Oder wir taten so, damit wir immer nur uns selber finden würden. Wir waren verliebt in uns selbst. Wir lebten ein Leben vor dem Spiegel, und vielleicht war es nicht wirklicher als das Spiegelbild selbst. Kein Wunder, dass Suzette sich nach Freiheit, nach etwas Neuem sehnte.

„Ich weiß“, flüsterte Suzette und legte ihr Gesicht wieder an meine Wange, „dass ich dem Jungen eines Tages begegnen werde. Und ich werde nicht davonlaufen. Ich werde mit ihm reden. Ich werde ihn fragen. Und er wird auf alle meine Fragen die Antworten kennen. Und dann werde ich mit ihm gehen. Denn nur diejenigen, die mutig und entschlossen genug sind, um alles andere zurückzulassen – nur die kann er brauchen.“ Dabei strich sie mir mit ihrer Hand über den Rücken, und ich merkte, dass auch sie nur ihr eigenes

Spiegelbild sah. Sich selbst, auf meinem Schoß, schön, anmutig, kostbar, in den Schoß ihrer Schwester gefügt wie eine Perle in die Fassung eines Ringes.

Trotz ihres Ernstes war es ein Spiel. Wusste Suzette das? Oder war sie blind dafür?

Mit einem Mal fiel mir die Vorstellung von meiner Begegnung mit dem Jungen ein. Der Schmerz, der mich durchfuhr, war noch heftiger als beim erstenmal. Die Makellosigkeit des Jungen trieb mir die Tränen in die Augen, und es war für mich unerträglich, an ihn zu denken und gleichzeitig mit Suzette so dazusitzen. Was mich so heftig durchfuhr, wusste ich damals nicht. Eine Gänsehaut jagte mir über den Leib, ich begann zu schwitzen und meine Knie wurden zittrig. Ich atmete heftiger und wollte endlich aufstehen, wollte Suzette von meinem Schoß schieben, wollte mich freimachen.

Suzette schaute mich verwundert an. „Was ist denn los?"

Aber ich schüttelte nur den Kopf und biss auf die Zähne, befreite mich aus ihrer Umarmung und sprang auf.

„Ich kann nicht mehr", sagte ich schweratmend. „Es geht nicht mehr. Das Spiel muss aufhören."

„Welches Spiel, Janine?"

„Was wir brauchen, ist die Wahrheit. Verstehst du, Suzette? Nicht Glück und nicht Freiheit. Die Wahrheit! Nur die Wahrheit macht uns frei!"

Suzette hatte sich gefangen und ließ sich nicht anmerken, ob sie meine Abweisung verletzt hatte. Dazu war sie zu klug und beherrscht.

„Die einzige Wahrheit, die ich kenne", sagte sie

langsam und lächelte merkwürdig verträumt und hochmütig, „bin ich selbst."

Heute verstehe ich, was mich damals beim Gedanken an den Jungen und bei Suzettes Worten so getroffen hatte. Es war ein Gefühl, das ich bisher nicht gekannt hatte, das mir aber irgendwie als das Gegenstück zu dem erschien, was ich Andacht nannte, ein brennendes und zugleich entsetzliches Gefühl, das eine Leere und Bedrückung hinterließ und das doch in sich die Gewissheit eines Friedens trug. Es war das Gefühl der Scham.

Schon morgens nach der Zusammenkunft im Tanzsaal fuhren wir los. Der Weg zu den Pferden war weit. Mona fuhr voraus. Sie hatte ein großes Rad mit einem breiten Sattel und einem Korb an der Lenkerstange. Es war schwül, der Himmel dunstig und mit hohen Wolken. Wenn wir über die Felder fuhren, roch es trocken nach Heu oder kühl, wenn wir an einem Rapsfeld vorbeikamen. Im Wald duftete der Waldmeister, dessen weiße Blütensterne den Boden bedeckten. Als wir einmal auf eine Lichtung hinauskamen, sahen wir Hunderte von Schmetterlingen, die über dem Unkraut und den Steinen schwärmten. Sie umflatterten uns wie kleine, von den Stängeln gelöste Blüten. Es war ein sorgloser Tag.

Gegen Mittag machten wir Rast an einem Bach. Nasti und Tess und Beryl und einige andere wateten im Wasser und spritzten einander nass. Mona hatte ein großes Tuch ausgebreitet und packte das Essen und Trinken aus. Ich half ihr dabei und freute mich, dass wir beide seit Langem wieder so vertraut und unbekümmert zusammen waren.

Nach der Rast schaute Mona zum Himmel und meinte, dass es vielleicht ein Gewitter geben könnte. Ich hatte keine Angst vor Gewittern, im Gegenteil. Ich mochte den Geruch des Regens an einem heißen Mittag, das Prasseln und Plätschern und die feuchte Luft. Am liebsten war ich dann im Freien, in einem dichten Nadelwald oder unter einem Busch, und sah zu, wie die Wege sich in Schlammlöcher verwandelten und die Wiesen sich satttranken. Ich fuhr hinter Mona her und freute mich. Zu den Pferden war es nicht mehr weit, und die Scheune bot uns Zuflucht. Es würde sicher schön sein, während es draußen schüttete, trocken und warm im Heu liegen zu können.

Wir erreichten die Scheune, als die ersten Tropfen fielen. Die Pferde warteten in den Ställen auf uns und einige wieherten, als sie uns erkannten. Hinaus konnten wir nun nicht mit ihnen. Der Himmel hatte sich vollständig bezogen, Donner grollte in der Ferne. Ohne ein Wort zu sagen, stieg ich die Leiter auf den ersten Heuboden hinauf und suchte in der Ecke nach dem Balkenkreuz, an dem man hinauf auf den zweiten Boden gelangen konnte. Dort lag das Heu lose und man war direkt unter dem Dach. Ein kleines Fenster gab es, mit Draht vergittert, durch das ich hinaussah in den Regen. Ich hörte die Tropfen aufs Dach trommeln. Unten lachten die anderen und hatten wohl begonnen, ein Spiel zu machen. Aber nicht alle. Einige hatten sich wie ich auf den Boden verkrochen und saßen beieinander. Was sie wohl redeten? Ob sie sich über den Jungen unterhielten? Oder schon über mich? Obwohl der Tag so unbeschwert begonnen hatte wie seit Langem nicht mehr, spürte ich doch, dass der Junge unter uns allgegenwärtig war.

Eine Weile horchte ich dem Gewitter zu, als ich unten Monas Stimme hörte, die mich rief. Zuerst wollte ich einfach still bleiben, damit sie mich nicht entdeckte. Gerne hätte ich mit ihr gesprochen, endlich, ich hatte es ja schon lange vor. Aber was sollte ich sagen? Ich hatte Angst, mich lächerlich zu machen oder Mona und Alexia zu verärgern. Ich wusste doch nicht, wie die beiden meine Gedanken beurteilen würden. Würden sie mich verstehen? Auf einmal stand Mona unter dem Balkenkreuz und schaute durch die kleine Luke herauf.

„Bist du dort oben, Janine?", rief sie leise.

Da konnte ich nicht mehr widerstehen und gab Antwort.

„Soll ich heraufkommen, oder kommst du herunter?", fragte sie.

Ich merkte, dass sie unter vier Augen mit mir reden wollte. „Komm bitte herauf", sagte ich deshalb. „Hier oben stört uns niemand."

Als ihr Kopf in der Öffnung erschien, stand ich auf. Ich half ihr, und als sie oben angelangt war, hielt sie meine Hand fest, die ich ihr hingestreckt hatte.

„Schön hier oben", sagte sie und sah sich um. „Bist du oft hier oben, wenn wir zu den Pferden gehen?"

Ich nickte stumm. Mona ging zu dem kleinen Fenster und blickte hinaus. Ein kühler Luftzug strich herein.

„Du hast recht gehabt", sagte ich. „Es hat ein Gewitter gegeben."

„Das macht nichts", erwiderte Mona und zuckte die Schultern, wandte sich wieder zu mir her. „Das geht vorbei. Aber schön ist es, nicht? So beruhigend."

Ich lachte unsicher. Was wollte Mona von mir? Wollte sie mich aushorchen, oder wusste sie überhaupt nichts von dem, was mich umtrieb?

„Was ist an einem Gewitter beruhigend?", fragte ich in spitzem Ton.

Sie sah mich sanft an und antwortete nachdenklich: „Dass alles so sein muss." Ich runzelte die Stirn, aber Mona sprach weiter: „Dass der Gang der Dinge so verlässlich ist. Findest du nicht auch, Janine? Bei einem Gewitter merkt man trotz des Donners und des wütenden Regens, dass das alles dazugehört."

Sie lehnte sich an einen der Trägerbalken und legte den Kopf dagegen. Sie hatte die Hände auf dem Rücken, ihre Haare schimmerten in dem fahlen Licht, das von draußen hereinfiel. Ach, Mona!, dachte ich. Gerne würde ich dir alles sagen. Aber weiß ich denn, wer du bist? Wer ihr wirklich seid, du und Alexia? Ihr beide und all die anderen? Weiß ich denn noch, was richtig ist und was Lüge? Die fröhlichen Bilder des Mittags waren verschwunden. Wie so oft in letzter Zeit spürte ich nur den Schmerz einer Spannung, die ich kaum noch aushielt. Meine Gefühle waren zerrissen und wechselten manchmal von einem Moment auf den nächsten. Das kannte ich gar nicht von mir. Ich versuchte herauszufinden, woher das kam und was dabei in mir vorging. Doch ich kam nie weiter als bis zu dem

Jungen.

„Mona", begann ich vorsichtig, „was ist denn mit Lena? Geht es ihr gut?"

„Warum fragst du?" Mona blickte mich freundlich an.

„Weil ich sie seit Langem nicht mehr gesehen habe."

„Du kennst sie doch", entgegnete Mona. „Sie macht oft ihre Streifzüge. Wer weiß, wo sie gerade steckt. Hoffentlich hat sie auch einen trockenen Platz gefunden."

„Das ist es nicht bloß, Mona. Hat ihr Verschwinden nicht noch einen anderen Grund?"

„Sie ist nicht verschwunden", sagte Mona sofort. „Welchen anderen Grund sollte es deiner Meinung nach geben?"

Ich merkte, dass ich zu direkt gewesen war. Mona musste aus meiner Frage ein Misstrauen herausgehört haben. Früher, dachte ich, wäre sie jetzt hergekommen und hätte mich berührt, mit irgendeiner Handbewegung, ein Streichen an der Wange oder ein Spielen mit meinen Haaren. Diesmal blieb sie an den Balken gelehnt stehen und sah nicht einmal her. Ich stellte mich auf die andere Seite des Balkens, und so führten wir Rücken an Rücken unser seltsames Gespräch, ein Gespräch, das ein Verhör werden konnte oder auch eine Beichte, wir wussten es beide nicht.

„Dass sie den Jungen entdeckt hat", sagte ich und verstummte. Zum ersten Mal hatte ich den beiden gegenüber dieses eine Wort gebraucht, und erst jetzt erkannte ich, wie fremd und anstößig es klang mitten in unserer Gemeinschaft: der Junge.

„Der Junge?", fragte Mona betont harmlos zurück. „Was soll mit dem Jungen sein?"

„Lena hat ihn doch entdeckt, oder?"

Mona ließ sich zu keiner Stellungnahme verleiten. Jetzt müsste sie doch zugeben, dass es den Jungen gab oder wenigstens, dass sie Lenas Entdeckung untersucht und beurteilt hatten. Aber Mona erwiderte in rätselhaftem Ton: „Es fehlt nichts an der Vollkommenheit. Das solltest du wissen, Janine."

„Was hat das damit –"

„Wenn nichts fehlt, kann auch nichts hinzu kommen. Das ist ganz einfach."

„Willst du damit sagen, dass es den Jungen gar nicht gibt?"

„Die Wahrheit ist so einfach, Janine, dass du sie in jedem Augenblick sehen kannst. Verstehst du das nicht?" Ich spürte, dass sie innerlich sehr bewegt war. Sie sorgte sich um mich, aber das war nicht alles. Sie sorgte sich noch um mehr. Größeres als nur ihre Zuneigung zu mir stand auf dem Spiel. „Wie kann ich dir vertrauen, Janine, wenn du das nicht verstehst?"

Betroffen trat ich einen Schritt von dem Balken weg. Tränen traten mir in die Augen, doch nicht aus Trauer, sondern aus Empörung. Ich konnte Mona nicht ansehen. Stattdessen schaute ich zu dem kleinen Fenster hinaus. Ein helles, weißes Licht herrschte dort. Ich sah nichts von der Landschaft, nichts von Regen oder Wolken. Dort draußen war nur Nichts.

„Was ist Wahrheit?", sagte ich zu mir selbst. „Alles, was wir haben, ist der Blick in den Spiegel."

„Und gerade das ist die einzige Wirklichkeit, die es gibt", erwiderte Mona sanft. „Wir selbst sind der Spiegel, Janine. Du weißt es doch. Du hast es längst erkannt. Du schaust doch tiefer als die anderen, du bist doch weiter fortgeschritten auf dem Weg. Vielleicht ist dir das selbst nicht klar ... "

„Und weshalb", brachte ich mühsam heraus, „habe ich dann immer das Gefühl, dass noch etwas fehlt? Dass unsere Vollkommenheit nicht genügt? Dass das alles gar keinen Sinn und kein Ziel hat?"

„Weil du auf das Bild achtest und nicht auf den Spiegel. Du musst deine ganze Aufmerksamkeit auf den Spiegel selbst richten. Mit aller Kraft, mit deiner ganzen Seele. Sieh doch auf die Schönheit, Janine."

Und jetzt endlich kam sie näher, berührte mich an der Schulter. Und ich wandte mich schroff ab und konnte sie nicht ertragen, nicht ihre Berührung und nicht ihre Stimme, die mir so inständig widersprach. Ach, Mona!, dachte ich verzweifelt. Ach, Mona, lass mich in Ruhe! Erlös mich nicht wieder! Du hast mich so oft erlöst aus mir selbst: Lass mich dieses eine Mal im Stich!

„Ich weiß, dass du erkannt hast, was es mit der Schönheit auf sich hat, Janine", fuhr sie fort. „Du weißt mehr, als dir klar ist. Schönheit braucht zwei, die zusammengehören. Immer zwei, die zusammengehören. Von Anfang an. Wir sind jede der Zwilling der anderen. Die Wirklichkeit ist der Zwilling des Spiegels. Beide sind in Wahrheit eins. Deshalb gibt es auch nichts, was hinzukommen könnte: Die Schönheit ist das Zusammengehören. Nichts anderes. Es ist so einfach, Janine."

Ich kauerte mich ins Heu und vergrub meinen Kopf
in den Armen. Ich wollte nichts mehr hören. Trotz der
Tränen weinte ich nicht. Trotz der maßlosen Trauer,
die mich gepackt hatte, wehrte ich mich erbittert gegen
Monas Worte. Sie wollte, dass ich zu ihr gelaufen käme
und sie heulend um Vergebung bitten würde. Nein,
nicht Vergebung, denn es gab ja keine Schuld. Es war
ja alles nur Unterwegssein, unterwegs zum unaufhörli-
chen Spiel der Vollkommenheit. Irgendwann wird mir
nichts mehr fehlen, das ist es doch, was du mir einre-
den willst, Mona, dachte ich und schluchzte vor mich
hin. Dass meine Sehnsucht eine Blindheit ist, ein blen-
dender Reflex im Spiegel, ein trügerischer Glanz, der
mir den Blick auf die Wahrheit versperrt. Die Wahrheit, die ihr seid. Das ist doch alles Lüge!

„Das ist doch alles Lüge!", rief ich und hob tränen-
überströmt den Kopf. „Eure Vollkommenheit ist die
Lüge. Ich habe recht, Mona. Ich habe recht!"

Doch Mona war längst gegangen.

Ich hörte, wie sie unten mit den anderen redete.
Einmal hörte ich sie lachen. Und ich wusste, dass ich
ihr nie wieder etwas anvertrauen konnte.

Der Abend auf der Festwiese war gekommen. Die
Vorbereitungen hatten zwei Tage gedauert. In den
Nachmittagsstunden, wenn die größte Hitze vorbei
war, machten wir uns auf den Weg, beladen mit Kör-
ben und Taschen. Mit einem Handwagen transportier-
ten wir die Tische, auf denen wir das Essen aufstellen
würden.

Das Fest auf der Waldwiese war ein besonderes Ereignis, auf das wir alle gespannt warteten. Wir wussten nie im voraus, wann es stattfand. Nur Mona und Alexia wussten es. Aber es war immer eine besonders schöne Nacht, meist mit sternklarem Himmel und einer lauen Wärme, sodass wir draußen übernachten konnten. Auf der Wiese wurde ein Holzstoß errichtet, in dem Wald, der die Wiese umgab, sammelten wir alle Holz. Mona und Alexia schichteten den Holzstoß auf und bestimmten dann, wenn die Dämmerung kam, diejenige, die das Feuer anzünden durfte. Auch ich hatte es schon einmal dürfen. Es war ein außergewöhnlicher Augenblick, sicher. Die kleine Flamme zwischen den schützenden Händen, die sich knackend in den Reisig fraß, aufflackerte und knisterte und sich schließlich wie eine heiße Blüte entfaltete. Alexia verglich das damals mit der Erkenntnis der Schönheit, die auch, wenn sie erst einmal im Herzen angezündet war, immer größer würde und immer mehr Licht gäbe. Diesmal allerdings konnte ich mit solchen Gleichnissen nichts anfangen. Ich zog mit den anderen die Feldwege entlang, tauchte in das Dunkel unter den Bäumen ein und konnte mich nicht freuen. Der Gedanke an die Geselligkeit rund ums Feuer, an die lange Nacht mit Gesprächen, dem Flötenspiel von Kim und den Liedern, die wir sangen, an die Einzelnen, die abseits standen oder früh sich schlafen legten, in Decken zusammengerollt – das alles machte mich wehmütig. Als gehörte es einer Zeit an, die nun endgültig vorbei war. Wenn ich die anderen beobachtete, meinte ich manchmal, auch etwas von dieser Wehmut in ihren

Gesichtern zu entdecken. Wir waren nicht mehr so unbeschwert wie vor dem Auftauchen des Jungen. Aber vielleicht bildete ich mir das nur ein.

Monas Nähe scheute ich. Ich könnte ihr nicht mehr in die Augen sehen, sondern müsste zu Boden blicken, und das würde mich verraten. Sonst gab es niemanden, dem ich mich anvertraut hätte. Nur Alice. Zwischen uns hatte sich noch immer keine Gelegenheit ergeben, ich verstand das nicht. Ich nahm mir fest vor, morgen früh mit ihr zu sprechen. In unserem Zimmer. Denn ich wollte nicht auf der Waldwiese schlafen. Die Vorstellung, nachts im Wald zu liegen und nicht zu wissen, was sich dort im Dunkel tat, behagte mir nicht. Dann merkte ich, dass mir die Gemeinschaft der anderen und erst recht die Anwesenheit von Alexia und Mona nicht mehr das Gefühl von Sicherheit gaben, das früher so selbstverständlich gewesen war.

Das Fest begann wie immer. Wir stellten die Tische auf und beluden sie mit den Schüsseln und Platten voller Speisen, die wir mitgebracht hatten. Dann schwärmte alles aus und sammelte Holz, während Mona und Alexia aus Steinen einen großen Kreis legten, in dem das Feuer angezündet werden sollte. Statt zu sammeln, versteckte ich mich in einem Gebüsch und schaute den beiden zu. Sie waren eine Zeitlang ganz allein auf der Wiese. Sie wirkten auf mich nicht mehr so innig und schön wie sonst, sie sahen vielmehr fast ein wenig verloren aus: ein einsames Paar auf einer verwaisten Waldwiese. Wenn jetzt der Junge unter den Bäumen hervortreten würde, dachte ich. Was würde geschehen? Was würden die beiden tun? Und unwillkürlich dachte ich: Würden sie zugeben, dass sie sich geirrt haben? Aber ich wusste ja nicht, ob sie irrten oder ob sie logen. Oder ob nicht doch der Junge ein Trugbild war. Wenn ich ihn einmal sehen würde, dachte ich, nur einmal, dann wüsste ich endlich, dass es ihn wirklich gibt. Oder wäre er auch dann nur ein Spiegel? Gab es aus den Bildern denn keinen Ausweg? Suzette fiel mir ein, die die Freiheit wollte. Sie versprach sich von den Jungen den großen Aufbruch zu einem anderen Leben. Und was versprach ich mir von dem Jungen? Egal, was es sein mochte: Darauf kam es nicht an. Das Gefühl des Entsetzens aus meinem Traumbild und die unerträgliche Makellosigkeit des Jungen sagten mir, dass er für mich etwas sein würde, das nicht vorherzusehen war. Ich konnte es nicht wissen. Er war unabhängig von meinen Wünschen und Hoffnungen.

Claire war es, die das Feuer anzünden durfte. War das Zufall? Sofort versuchte ich, eine versteckte Bedeutung darin zu entdecken. Seit damals, als Lena uns zum erstenmal von dem Jungen erzählt hatte, hatte ich Claire nichts mehr darüber sagen hören. Ich erinnerte mich noch an Suzettes Argwohn und Claires Beunruhigung. Mit Sicherheit hatten sie recht behalten. Der Junge war zu einer Gefahr geworden, die sich keine von uns hätte träumen lassen. Was hatte Claire damals gespürt? Claire mit ihren Brauthimmeln und ihrer Lichtschwärmerei, Claire mit ihren merkwürdigen Gesichtern. Vielleicht hätten wir sie damals fragen sollen.

Das Feuer brannte nicht sofort. Das erste Streichholz ging im Wind aus, und beim zweiten Versuch erlosch die Flamme im Reisig wieder. Ich grinste verstohlen. Claire zitterte die Hand beim dritten Mal, vielleicht war auch das Holz zu feucht vom gestrigen Regen. Oder hatten Mona und Alexia den Zeitpunkt falsch gewählt? Neben mir kicherte Nasti in sich hinein, ich zwinkerte ihr zu, obwohl ich nicht annehmen konnte, dass sie den gleichen Grund dazu hatte wie ich.

Nasti kreuzte an diesem Abend auffallend oft meinen Weg. Ich sah sie in letzter Zeit nicht mehr so oft mit Tess zusammen. Suzette hatte mir erzählt, dass sie Nasti aus dem Weg ging. Überhaupt war Tess nicht mehr so lustig wie sonst. Ich hatte sie ja einmal auf den Jungen angesprochen, und sie hatte sehr ablehnend reagiert. Sie wollte nichts davon wissen. Nasti eigentlich auch nicht, soweit ich wusste. Und doch war zwischen beiden eine Entfremdung eingetreten, die ich mir nicht erklären konnte. Ich beschloss, sie heute Abend nach dem Jungen zu fragen. Sicherlich war er der Schlüssel zu den Unstimmigkeiten. Außerdem interessierte es mich, wie Nasti über ihn dachte. Den ganzen Abend beobachtete ich sie: Nasti ließ es sich schmecken, Nasti sang mit den anderen Lieder, Nasti balgte sich mit Nicole und Sophie auf der Wiese, Nasti stand keuchend nach dem Wettlauf hinter der Ziellinie und hatte von der Anstrengung einen nassen Rücken, Nasti kuschelte sich an Anja heran und saß in der kleinen Gruppe am lodernden Feuer, der Schein glänzte auf ihrem frohen Gesicht. Das war Nasti. Dachte sie an den Jungen? Genügte ihr das Leben, das sie führte? Ich erwartete nicht, in ihr eine Gleichgesinnte zu finden, und ich würde auch nichts von mir preisgeben. Doch ihre Ansicht konnte mir etwas Neues in dieser Sache zeigen, etwas, das ich vielleicht übersehen hatte. Das mich bestärken würde in meinem Entschluss, den Jungen zu treffen.

Wenn es ihn gab, dann musste ich ihn sehen! So weit war ich jetzt.

Einmal wurde ein Spiel gespielt, bei dem sich alle in der Umgebung zerstreuen mussten. Das kam mir gelegen, und ich machte mit. Während die anderen so schnell wie möglich außer Sichtweise kommen wollten, blieb ich Nasti auf der Spur und traf sie dann wie zufällig mitten in der Farnwiese. Sie war unterwegs zum alten Baumstumpf, wo wir schon oft gesessen waren und Sauerklee gekaut hatten.

„Willst du auch dorthin?", fragte sie mich ahnungslos.

Ich zuckte die Schultern und beschloss, ehrlich zu sein. „Weißt du, eigentlich wollte ich in Ruhe mit dir reden."

„Mit mir? Wieso das denn?", fragte sie erstaunt. Sie atmete schwer vom Laufen und ihr Gesicht war gerötet, so dass man die Sommersprossen kaum noch sah.

„Komm, setzen wir uns in den alten Stumpf. Da stört uns niemand", sagte ich und fasste sie am Arm.

Sie aber schüttelte meine Hand ab und blieb störrisch stehen. Ihre arglose Freundlichkeit war plötzlich verschwunden. „Sag mir erst, weshalb du mit mir reden willst."

Damit hatte ich nicht gerechnet. Schnell überlegte ich einen Einstieg.

„Ich dachte nur ... weil ich dich und Tess in letzter

Zeit so wenig zusammen gesehen habe ..."

„Und? Wir dürfen ja wohl machen, was uns gefällt."

Verdutzt schaute ich sie an. In so einem Ton hatte sie noch nie mit jemandem gesprochen, geschweige denn mit mir.

„Hat es etwas mit dem Jungen zu tun?", fragte ich rundheraus.

Und ehe ich begriff, was geschah, hatte sie mir eine Ohrfeige gegeben. Kein harter Schlag, mehr ein flüchtiger Klaps, als traute sie sich mitten in der Bewegung doch nicht. Ich schaute sie entgeistert an.

Plötzlich begann sie zu weinen und wollte weglaufen.

Ich hielt sie fest und fasste sie an den Schultern. „Warum schlägst du mich, Nasti?", fragte ich leise. „Ich bin doch deine Freundin."

„Eben deshalb", fuhr sie mich an. „Du tust so, als ob dich der Junge überhaupt nichts anginge. Als ob du etwas Besseres wärst als wir. Es kümmert dich gar nicht, was mit deinen Freundinnen los ist. Ob denen vielleicht Lenas Entdeckung viel mehr ausmacht, als dir in den Kram passt."

„Hör mal, Nasti", sagte ich, so ruhig ich konnte, „das ist nicht wahr. Wie kommst du darauf?"

„Du gehst ja jetzt deiner eigenen Wege", erwiderte sie immer noch heftig. Ich verstand nicht, was sie so wütend machte. „Mona hat gesagt, du willst jetzt lieber allein sein, weil du dich selbst erkennen willst oder so Zeug –"

„Mona? Das hat Mona gesagt? Wann? Zu wem?"

„Frag sie doch selbst", entgegnete sie und wandte

sich hochmütig ab.

Da wurde nun ich wütend. Ich packte sie am Kleid und zog sie her. Ich war stärker als sie, obwohl sie mehr wog, das wusste sie. Schließlich war ich die Ältere. „Nicht mit mir, meine Liebe!", zischte ich. „Du sagst mir jetzt alles, was du weißt. Wenn du schon Lügen über mich erzählst, dann hab auch den Mut, mir das ins Gesicht zu sagen."

Einige Augenblicke lang raufte sie mit mir und versuchte sich loszumachen. Doch ich blieb Siegerin. Wahrscheinlich hatte sie auch Zweifel bekommen, ob ihre Wut auf mich berechtigt war. Sie gab nach und antwortete trotzig: „Mona hat es uns auf dem Ausflug zum Wasserfall erzählt. Nachdem wir uns in der Scheune untergestellt hatten."

„Auf dem Heimweg?"

„Ja. Auf der Kastanienallee. Du warst gerade voreweg mit den anderen."

„Und wer war dabei?"

„Tess, Anja, Kristina ... ich weiß nicht, wer noch. Wir waren vielleicht sechs oder sieben."

Mir verschlug es die Sprache. Ich wusste, ich sollte Nasti klar machen, dass das alles Verleumdung war, dass es so nicht stimmte. Ich wollte zwar über meine Einstellung zu dem Jungen nichts sagen, aber dass ich mich über alles erhaben fühlte, stimmte nun ganz und gar nicht. Stattdessen hielt ich Nasti an ihren langen, glatten Haaren und wusste nicht mehr weiter. In meinem Kopf überschlugen sich die Gedanken.

Nasti nutzte den Moment und riss sich los. Feindselig stand sie mir gegenüber, ringsum schloss uns der hohe Farn ein, im Sonnenlicht schwebten Mücken wie winzige Glasperlen.

Auf einmal bekam ich Angst. Eine Angst, wie ich sie noch nie empfunden hatte. Nicht die Angst vor einem steilen Abhang oder einer tiefen Stelle im Meer. Auch nicht die Beklommenheit, die ich manchmal nachts spürte. Es war ein lähmendes Entsetzen, das an mir emporkroch und die ganze Welt veränderte. Eine Unheimlichkeit, als könnte ich plötzlich niemandem und nichts mehr trauen. Mona hatte mich verraten. Sie hatte eine intime Unterhaltung benutzt, um vor anderen über mich zu reden. Und sie hatte gelogen. Sie hatte mich bewusst verleumdet. Warum?

„Es tut mir leid, Janine", sagte Nasti in einem Ton, der alles andere als Bedauern ausdrückte, „aber ich weiß wirklich nicht, ob ich dir noch trauen kann."

Was hatten die großen Schwestern vor? Stand ich jetzt im Kreuzfeuer? Wurde ich beobachtet?

„Der Junge macht uns alle verrückt", fuhr sie ernst fort. „Viele haben das Gefühl, nicht mehr allein zu sein. Wenn wir zusammen sind, stimmt irgendetwas nicht. Aber keine hat den Mut, es auszusprechen. Weil das alles bloß noch schlimmer machen würde. Deshalb haben Mona und Alexia gesagt, dass über den Jungen nicht mehr gesprochen werden darf."

Wieder hätte ich gerne gefragt, weshalb ich nichts davon wusste. Warum sagte mir niemand etwas? Oder waren das alles bloß Missverständnisse? Hatte mich Mona in der Scheune falsch verstanden, und dass sie mit den anderen darüber gesprochen hatte, sollte vielleicht meinem Schutz dienen?

„Aber du", fauchte Nasti, „du läufst herum und fragst jede nach ihrer Meinung über den Jungen, und es ist dir egal, was du damit anrichtest."

„Wer sagt das?", fragte ich ruhig. Eine Gänsehaut lief mir über den Rücken. Das alles war eine Ungeheuerlichkeit, und ich hatte keine Möglichkeit, mich dagegen zu wehren.

„Kristina. Sie hat mit dir am Weiher geredet, hat sie erzählt. Und Claire war auch dabei. Sie hat vom Boot aus alles gehört, sagt Kristina, und dir war das egal. Du hättest wenigstens auf Claire Rücksicht nehmen können, wenn es dir schon egal war, wie es Kristina hinterher geht ... "

Tränen stiegen mir in die Augen. Ich hatte das noch nie erlebt: dass die Wahrheit so verdreht wurde. Plötzlich stand ich draußen, außerhalb der ganzen Gemeinschaft, und selbst meine Freundinnen hatten mich verraten. Ich wollte mich wehren, die Dinge richtigstellen, aber ich brachte kein Wort heraus. Sag was!, rief ich mir selbst zu. Wenn du jetzt nichts sagst, kannst du es nie wieder gutmachen. Aber ich war wie gelähmt.

„Dafür hasse ich den Jungen", fuhr Nasti fort. Sie sprach nun mehr zu sich selbst, hielt eine lang zurückgehaltene, hasserfüllte Rede vor den schweigenden Bäumen. „Dass er so viel Unruhe und Verwirrung zwischen uns gestiftet hat. Dass er unser Glück zerstören will. Ich glaube, er ist nur neidisch auf uns. In seiner ganzen Hässlichkeit und Gemeinheit streunt er wie ein Hund im Wald herum und will uns erschrecken. Er gönnt uns nicht, dass wir schön sind. Er –"

„Das ist doch völliger Unsinn", sagte ich leise, mit

den Gedanken immer noch woanders. Ich lauschte in den Wald hinein. Was, dachte ich, wenn der Junge uns hört?

„Er hat auch mich und Tess auseinandergebracht", erklärte Nasti bitter. „Ganz sicher. Seit du Tess nach dem Jungen gefragt hast, ist sie völlig durcheinander. Sie wird ganz steif, wenn ich sie anfasse, und wenn ich mit ihr reden will, hält sie sich die Ohren zu und schreit, ich soll weggehen."

Mir war immer weniger klar, wovon Nasti sprach. Die Zusammenhänge, die sie herstellte zwischen dem, was geschehen war oder was ich mit wem geredet hatte, waren grotesk. Aber ich konnte Nasti das nicht begreiflich machen, jetzt nicht, ich war selbst viel zu sehr betroffen. Die Angst blieb, ich bekam Bauchweh, wenn ich daran dachte, zum Feuer und zu den anderen zurückzugehen. Wer weiß, was sie über mich dachten? Wer weiß, was Mona und Alexia mit mir vorhatten?

„Das Beste, was dir passieren kann", meinte Nasti noch, „ist, dass du dem Jungen wirklich begegnest. Dann wirst du schon sehen."

Und sie lief in den Farn hinein, in Richtung auf den alten Baumstumpf zu. Sie nahm das Spiel wieder auf, als wäre nichts geschehen.

Als ich zur Waldwiese zurückkam, hatte ich den Kopf voller Gedanken. Einige Mädchen waren gefunden worden und beteiligten sich an der Suche nach den anderen. Lachen und Stimmengewirr auf der Wiese, das im Wald widerhallte. Plötzlich erklang ein Schrei. Irgendwo aus dem Wald. Ein Schrei voller Entsetzen, ein Schrei voller Angst, wie ich ihn noch nie gehört hatte. Alle erstarrten und lauschten. Dann noch ein Schrei, der in ein elendes Jammern überging. Es näherte sich, und auf einmal kam ein Mädchen aus dem Gebüsch gelaufen, mit rudernden Armen und völlig verschreckt. Es war die kleine Isabel.

Mona und Alexia gingen sofort auf sie zu. Sie flüchtete sich in die Arme von Mona, zitterte und schien sich nicht beruhigen zu können. Die anderen scharten sich um sie herum. Neugierig kam ich näher, noch immer eine Gänsehaut auf den Armen von dem grauenhaften Schrei. Mona versuchte, Isabel zu trösten, nahm sie fest in den Arm und strich ihr übers Haar. Alexia beugte sich zu ihr herab und fragte mit sanfter Stimme, was sie denn so erschreckt hatte.

„Ich habe ihn gesehen", wimmerte Isabel und verkroch sich in Monas Arm.

„Was hast du gesehen?", forschte Alexia nach.

„Den Jungen!", brach es aus dem Mädchen heraus. „Ich habe den Jungen gesehen!"

„Den Jungen?" Alexia lächelte freundlich.

Dann, während Isabel in Monas Armen lag, fragte Alexia sie weiter aus, behutsam, aber nachdrücklich, und schließlich stellte sich heraus, dass Isabel gar nicht genau wusste, was sie gesehen hatte. Sie hatte etwas gesehen und geglaubt, es sei der Junge, und sie hatte sich so erschrocken, dass sie gleich weggerannt war. Es mochte ein knorriger Ast oder ein auffliegender Vogel gewesen sein, meinte Mona und küsste sie auf die Stirn. Alexia wandte sich an die anderen und meinte:

„Ihr seht, kein Grund zur Beunruhigung. Die kleine

Isabel hat sich erschreckt. Niemand hat den Jungen gesehen."

Inzwischen hatten die anderen Mädchen das Spiel abgebrochen und waren aus dem Wald gekommen, darunter auch Nasti. Sie standen herum und ließen sich erklären, wer da so geschrien hatte. Eine Weile wusste keine, was nun geschehen sollte, die großen Schwestern hielten es für besser, das Spiel nicht wieder aufzunehmen, sondern gleich den Tanz ums Feuer zu beginnen, aber die Mädchen standen ratlos herum, schauten immer wieder mit einem Schaudern zum Wald hin und zeigten keine Lust, den Tanz anzufangen.

Eine Weile ging das hin und her. Mich wunderte das Geschehnis nicht. Ich hielt es für gut möglich, dass Isabel den Jungen tatsächlich gesehen hatte. Er konnte überall und jederzeit auftauchen. Der uns so vertraute Wald, die Wiese, die ganze Landschaft um uns herum hatte ihre Sicherheit verloren. Es war unheimlich geworden auf der Waldwiese.

Schließlich sahen Mona und Alexia ein, dass es keinen Sinn hatte, die Feier fortzuführen. Keine würde heute Nacht mitten im Wald schlafen wollen. Die Unbeschwertheit von früher, vor dem Auftauchen des Jungen, war fort. Sie gaben Anweisung, alles zusammenzupacken und den Rückweg anzutreten, zurück zum Herrenhaus, bevor die Dämmerung hereinbrach. Mona führte Isabel an der Hand und tröstete sie immer wieder. Manche kicherten und alberten herum, wie immer, aber die meisten Mädchen blieben still und beklommen.

In der Nacht wachte ich auf. Zuerst wusste ich nicht, wo ich war. Ich tastete um mich herum und erwartete im ersten Augenblick, die Wolldecke oder das Gras der Waldwiese zu spüren. Stattdessen spürte ich die glatten Laken und die seidene Decke meines Bettes. Ich war zuhause. Das Zimmer war leer, Alice war nicht da, ich horchte und hatte das Gefühl, das ganze Haus wäre leer. Wie spät mochte es sein? Der Mond war noch nicht aufgegangen. Heimlich hatte ich nach der Rückkehr gehofft, Alice im Zimmer anzutreffen, aber sie blieb verschwunden. Ich hatte keine Ahnung, wo sie war. Das war früher oft so gewesen, natürlich, aber jetzt beunruhigte es mich. Als ich aufstand, hörte ich draußen im Flur jemanden gehen.

Ich hörte das Klappern einer Muschelkette und wusste, dass es Alice war.

Doch merkwürdigerweise ging sie an unserem Zimmer vorbei. Ich blieb am Fenster stehen. Aus dem Augenwinkel sah ich, dass es draußen dämmrig war. War das noch die Abenddämmerung, in der wir heimgekommen waren? Oder schon der Morgen? Wo waren die anderen? Warum war das Haus so leer?

Ich wartete, bis die Schritte sich entfernt hatten, und schaute auf den Flur hinaus. Mir schlug das Herz bis zum Hals. Da war die Angst wieder. Die Angst, dass nun auch Alice die Lügen über mich gehört hatte. Dass nun auch sie, meine letzte Vertraute, mich im Stich ließ. Das wollte ich erst glauben, wenn ich es von ihr selber hörte. Das ständige Misstrauen hatte mich völlig verunsichert. Ich wusste schon nicht mehr recht, was wirklich geschehen war und was nicht.

Bis zum zweiten Treppenhaus schlich ich ihr nach, fand sie aber nirgends. Als ich plötzlich neben mir ein Geräusch hörte, rannte ich die Treppe hinunter und legte mich flach auf die Stufen. In der Hoffnung, Alice würde nicht die Treppe nehmen, blieb ich liegen, bis sie wieder weg war. Sie war aus der Toilette gekommen. Neugierig schaute ich nach. Ich weiß nicht, was ich erwartete. Dass wir auf die Toilette in unserem Stock gingen, war nicht ungewöhnlich, auch um diese Tageszeit nicht. Doch irgendetwas an Alice Verhalten war anders als sonst. Ich wusste nicht, woran es lag. Es war dunkel dort drin. Ich beugte mich über das Porzellanbecken, das im Fußboden eingelassen war. Am Schnabel der Kanne daneben blinkte ein Wassertropfen. Der Stopfen in dem Becken war herausgezogen und das Wasser abgelaufen. Im Ablaufrohr hatte sich etwas Weißes verfangen. Obwohl es dort ein wenig unangenehm roch und es mir widerstrebte, meiner besten Freundin auf der Toilette hinterherzuschnüffeln, handelte ich mit traumwandlerischer Entschlossenheit und einer Ruhe, die nicht aus mir selbst kam. Eine seltsame Schwere hatte mich erfasst, eine unerklärliche Traurigkeit. Als ich den weißen Fetzen in Händen hielt, triefend und mit dunklen Flecken, erkannte ich, dass ich genau das erwartet hatte. Ich hatte es nicht wissen können, und doch erfüllte sich alles mit einer Gewissheit, als wäre es schon vor langer Zeit geschehen.

Ich nahm den Fetzen mit zum Fenster und hielt ihn ins schwache Licht. Die Flecken zerrannen mit dem Wasser und die Flüssigkeit tropfte zu Boden. An meinen Fingern blieb etwas davon haften. Ich probierte mit der Zunge. Natürlich war es Blut.

Alice überraschte ich in unserem Zimmer, als sie sich gerade in der Zinnwanne wusch. Es war noch nicht hell – oder nicht mehr? Gewöhnlich wusch sich Alice nur morgens nach dem Aufstehen, abends nie. Sie stand mit dem nassen Lappen da, reglos, und starrte mich an. Sie versuchte erst gar nicht zu verbergen, was immer es zu verbergen gab.

„Hast du dich verletzt?", fragte ich ruhig und zeigte ihr den Fetzen aus dem Porzellanbecken.

„Ja", antwortete sie. „Was machst du denn hier?"

„Du hast gedacht, ich bin nicht da. Nicht wahr? Sonst hättest du dich nicht gewaschen." Sie nickte nur und schaute mich unverwandt an. Ich sah ihr in die Augen, so gut es in dem Zwielicht ging. Ich wollte eine Kerze anzünden, aber sie hielt mich zurück.

„Nicht. Lass das Licht aus."

„Warst du noch weg?"

„Ja. Später haben sie vor dem Haus eine Versammlung abgehalten. Warst du nicht da?"

„Mir hat niemand etwas gesagt", sagte ich empört. Ging es schon so weit, dass ich ausgegrenzt wurde?

„Viele sind noch draußen."

„Ach, deshalb ist das Haus so leer. Feiern sie?"

„Sie haben Claire zur Mittschwester geweiht." Sie blieb angespannt und antwortete in einem abwartenden Tonfall.

„*Was* haben sie?"

„Claire zur Mittschwester geweiht. Sie haben eine Weihe eingeführt, einfach so. Zuerst haben sie erklärt, was eine Weihe ist, und dann Claire in die Mitte gestellt. Sie soll jetzt für uns eine Vermittlerin sein. Jede, die etwas auf dem Herzen hat, soll es Claire sagen, und Claire hat von den großen Schwestern die Erlaubnis, einen Rat zu erteilen."

„Was ist das – eine Weihe?"

„Was das ist oder was sie sagen, dass es ist?" Alice lächelte.

„Macht das schon einen Unterschied?"

„Claire wusste nicht so recht, wie ihr geschah. Das muss man zu ihrer Ehrenrettung sagen. Aber sie hat es geschluckt. Alle haben es geschluckt. Außer Suzette vielleicht."

„Und außer dir." Ich trat näher, und Alice legte den Lappen ins Wasser zurück, das ihr bis zu den Knöcheln reichte. Es schimmerte silbern im Dämmerlicht, Tropfen standen an Alices Ellbogen wie Tau.

„Was ist das für ein Blut, Alice?", fragte ich sacht. Denn ich wusste nun, dass ich ihr vertrauen konnte. Ihr vielleicht als der Einzigen von allen. Endlich konnte ich mit ihr reden.

„Weißt du es wirklich nicht, Janine?", fragte sie verwundert zurück.

Ich schüttelte den Kopf. Eine Ahnung überkam mich, dass um mich her längst eine Veränderung vorging, die mir verborgen geblieben war. Aus welchen Gründen auch immer.

„Ich bin nicht die Einzige", erklärte Alice ernst und schlug die Augen nieder. Nie zuvor hatte Alice wegen irgendetwas die Augen niedergeschlagen. Alles war anders nun. Nichts mehr würde so sein wie früher.

„Jede, die ihn gesehen hat, kriegt es. Daran erkennen wir es. Mona und Alexia bleibt das natürlich nicht verborgen. Wir müssen –" Sie stockte, räusperte sich.

Sie deutete auf die Kleider, die abgestreift auf dem Boden lagen. Stumm wies sie mich an, sie aufzuheben. Außer ihrem Rock und der Mousselinebluse und den klimpernden Ketten war da noch ein Kleidungsstück, ein langes, schmales Tuch, wie eine Art Windel.

„Was ist das? Wozu dient das?"

„Das zieht man über die Scham", sagte Alice kurz.

Ich starrte sie an, das Ding mit spitzen Fingern haltend.

„Den Stofffetzen, den du gefunden hast, legt man hinein, damit –"

Ich ließ das Ding fallen und begriff erst jetzt.

„Das Blut – das Blut kommt aus deiner –" Ich brachte es nicht über die Lippen.

„Aus meiner Scham, ja", sagte sie und nickte. „Alle bluten so. Alle, die ihn gesehen haben. Die großen Schwestern wissen nicht, warum. Wir sollen so ein Ding tragen und uns regelmäßig waschen, damit die anderen nichts merken. Sie sagen, es wäre nicht gefährlich und ginge von selbst wieder weg."

„Tut es weh?", fragte ich erschrocken.

Alice schüttelte den Kopf. „Die Gefahr ist eine andere. Das wissen Mona und Alexia, aber sie geben es nicht zu. Ich glaube nicht, dass es von selbst weggeht. Der Junge ist es, der diese – Veränderung hervorruft. Er muss verschwinden, sagen sie."

Das also war es: Die großen Schwestern hatten Angst!

Angst wie ich. Angst vor etwas, das sie bedrohte, sie und unsere Welt und unser Glück. Sie begannen, Vorkehrungen zu treffen. Zu unserem Schutz. Selbst wenn sie uns dazu zwingen mussten.

Ich wusste nicht, worüber ich mehr entsetzt war: über die Tatsache, dass unsere Scham, das einzigartige Mal unserer Schönheit und Jungfernschaft, bluten konnte, als wäre sie zutiefst verletzt, oder darüber, dass so viele, einschließlich der großen Schwestern, längst wussten, was vorging.

„Er soll verschwinden", sagte Alice.

Dann weinte sie.

Ich war auf den großen Maulbeerbaum auf der Wiese vor der Einfahrt geklettert. Dort hatte ich einen Winkel hoch oben in der Krone, in den ich mich zurückzog, wenn ich nachdenken musste. Seit dem Gespräch mit Alice hatte ich mich nicht mehr blicken lassen. Als alle sich vor der Mittagshitze in die schattigen Zimmer flüchteten, stieg ich dort hinauf. Der Baum war nicht sehr hoch, aber dicht belaubt. Oben reiften schon die ersten Maulbeeren, sie sahen aus wie rote Brombeeren und schmeckten süß. Später, meist lange nach dem Waldwiesenfest, kletterten wir immer in den Baum und pflückten die Beeren, um Marmelade daraus zu machen. Als ich das dachte, sagte ich mir unwillkürlich, dass es diesmal nicht wieder so sein würde. Schwarze Maulbeeren, hatte Lena immer erklärt. Die seien selten. Aber Lena war verschwunden.

Oben in der Krone ging ein leichtes Lüftchen. Ich zupfte Blätter ab und rieb sie an meiner Wange. Die

Unterseite war silbern behaart und fühlte sich zugleich rau und sanft an, wenn man sie über die Haut strich. Das half mir sonst beim Nachdenken. Diesmal aber schwirrten mir die Gedanken ziellos durch den Kopf, ich wusste gar nicht, wo ich anfangen sollte. Einerseits hatte ich das Gefühl, dass bald etwas geschehen musste, ich sollte endlich etwas tun; andererseits hatte ich keine Ahnung was oder warum. Ich wusste nicht einmal, wem ich trauen konnte. Alice war seit meiner Entdeckung, dass sie blutete, ziemlich verschlossen. Vielleicht ging sie mir sogar aus dem Weg. Die anderen schienen trotz der beunruhigenden Ereignisse weiterhin den großen Schwestern zu vertrauen, ihnen konnte ich nichts von dem sagen, was in mir vorging. Manchmal hatte ich den heftigen Wunsch, einfach in den Wald zu laufen und solange umherzustreifen, bis mich der Junge gefunden hätte. Sicherlich könnte ich mich ihm nicht anvertrauen, dazu wäre er viel zu schrecklich. Aber ich wollte seine schreckliche Schönheit endlich sehen. Das würde vielleicht etwas ändern. Dann würde vielleicht etwas geschehen.

Als ich oben im Baum saß, wurde mir klar, dass ich völlig allein war. Zum ersten Mal in meinem Leben. Meine Schwestern waren zurückgeblieben in einer anderen Welt, alles, was mir vertraut und bekannt gewesen war, schien sich als eine trügerische Illusion entpuppt zu haben. Am meisten tat mir mein Misstrauen gegenüber Mona und Alexia weh. Vermutlich hoffte ich immer noch, dass sich alles als Missverständnis herausstellen würde und ich zurückkommen könnte, zurück unter ihre Obhut.

Ich war allein.

In der Krone saßen Grillen und zirpten matt. Die Hitze hatte zugenommen, nichts rührte sich im Haus und im Park. Die Stille lähmte jeden Gedanken, ich saß nur und horchte, beobachtete unverwandt den Waldrand. Nicht einmal ein Vogel ließ sich hören.

Gerade als ich meinte, das bedrückende Schweigen nicht mehr auszuhalten, öffnete sich am Haus die Seitentür. Alexia erschien mit einem Liegestuhl unter dem Arm. Sie ging über den Rasen und hielt direkt auf den Maulbeerbaum zu. Ich erschrak zuerst und dachte, sie wüsste, dass ich hier oben war. Manchmal wussten sie Dinge, die eigentlich niemand wissen konnte. Aber dann sagte ich mir, dass sie ja den Liegestuhl trug und sich sicher nur in den Schatten legen wollte. Ich saß zu weit oben, als dass sie mich sehen könnte. Tatsächlich klappte sie den Stuhl im Schatten des Baumes auseinander, breitete ein Tuch darüber und wandte sich zum Haus um. Sie rief einen Namen.

„Suzette!" rief sie.

Im selben Moment tauchte Suzette in der Tür auf, blieb aber stehen und schaute herüber.

„Willst du nicht kommen?", rief Alexia und deutete auf den Platz, wo sie ihren Stuhl hingestellt hatte.

Ich sah oben in meinem Versteck, wie Suzette trotzig den Kopf schüttelte. „Was ist, wenn ich nicht komme?", rief sie zurück.

Ich sah, wie Alexia die Achseln zuckte und begann, sich ihre Haare hochzustecken. „Es ist schön hier im Schatten. Wir sind beide ganz ungestört, Suzette."

Von wegen, dachte ich und lächelte grimmig.

Trotzdem war mir nicht ganz wohl bei der Sache. Das Verhältnis zwischen Suzette und Alexia war doch recht eng, ich hatte keine Lust, Dinge zu erfahren, die meine Lage noch mehr erschweren würden. Lieber wollte ich wenig von dem wissen, was hinter meinem Rücken vorging, und mich dafür frei fühlen zu tun, was ich für richtig hielt.

Suzette zögerte eine Zeit lang, verschwand dann wieder im Haus und kam mit einem Liegestuhl unterm Arm zurück. Sie ging langsam über den Rasen und stellte ihren Stuhl schließlich neben den von Alexia, die sich bereits darin ausgestreckt hatte. Alexia trug ein leichtes Leinenkleid, die Sonne stand hoch und warf knappe Schatten, sodass ich ihren Körper fast nackt daliegen sehen konnte. Sie war um die Scham herum ganz unbedeckt. Das war noch so etwas, das weh tat. Heute vor der Morgenversammlung hatten sie alle zusammengerufen und gesagt, jede von uns sollte nun so eine Windel, wie manche sie schon trugen, anziehen. Damit bei allen die Scham bedeckt wäre, bis die harmlose Unpässlichkeit vorbei wäre, an der einige unserer Schwestern, sagten sie, kurzzeitig leiden würden. Aus Rücksichtnahme, sagten sie. Damit keine mehr herausfinden konnte, dachte ich mir, wer von uns nun das Bluten bekommen und also den Jungen gesehen hatte. Sie versuchten, uns zu täuschen. Als mir das klar wurde, bekam ich eine Gänsehaut vor Entsetzen. Wie kannst du sie so verdächtigen, fragte eine Stimme in mir. Aber wenn Mona und Alexia uns wirklich täuschten, dann gab es nichts mehr, worauf ich mich verlassen konnte.

Suzette setzte sich in ihren Liegestuhl, blieb aber aufrecht.

„Warum müssen wir die Schambinde tragen?", fragte sie in drängendem Ton, den ich an ihr kannte und Alexia wohl auch. Wenn sie so fragte, dann leistete sie erbitterten Widerstand gegen die Schwestern, bis sie ihr das Ziel begreiflich gemacht hatten, das sie mit ihren Anordnungen verfolgten. „Ich meine, was ist der wahre Grund?"

„Glaubst du uns nicht?", entgegnete Alexia und rückte ihren Strohhut zurecht, sodass sie Suzette ansehen konnte. „Denkst du, wir sagen euch eines und haben dabei ein anderes im Sinn?"

Was für eine merkwürdige Ausdrucksweise, dachte ich oben in meinem Baum. Eines und ein Anderes – was sollte das heißen? Suzette lachte und warf die Arme hoch.

„Aber natürlich nicht!", rief sie spöttisch. „Ihr sagt uns immer alles, was wir wissen müssen. Ihr sagt nichts Falsches, stimmt. Aber ihr sagt nicht immer alles."

Sie schaute Alexia herausfordernd an. Ich sah es an ihrem steifen Nacken und ihrer aufrechten Haltung. Sie war kampfbereit. Sie wollte die Wahrheit wissen.

„Du weißt, was es mit der Unpässlichkeit auf sich hat?"

„Unpässlichkeit?", wiederholte Suzette in scharfem Ton. „Juliette blutet wie ein Wasserfall, die Römerin kommt nicht mehr aus ihrem Zimmer seither, und sogar Kaj und Kätzchen –"

„Suzette", unterbrach sie Alexia ruhig und freundlich, „das brauchst du mir nicht zu erzählen. Wir haben mit ihnen allen gesprochen, sie sind verängstigt und brauchen jetzt unser Verständnis und unsere Liebe ganz besonders. Ich möchte dich bitten, Suzette, dass auch du mithilfst, deinen Schwestern die Lage so sehr zu erleichtern, wie wir können."

Suzette senkte für einen Moment den Kopf, aber ich wusste, sie würde sich nicht so schnell geschlagen geben. Ich hoffte, dass es zwischen ihr und Alexia zum Bruch käme, ja, das wünschte ich mir wirklich. Dann hätte ich vielleicht doch eine Gefährtin gefunden.

„Darum geht es mir nicht", erwiderte sie schließlich leise. Weil ich sie kaum verstehen konnte, begann ich ein paar Äste weiter hinunter zu steigen. Jedesmal, wenn ich die Fußsohle aufsetzte, klopfte mir das Herz bis zum Hals aus Angst, ich könnte einen Zweig abbrechen oder eine Beere und das Herabfallen würde mich verraten. Als ich nicht mehr weit von den beiden entfernt war, legte ich mich auf einen dicken Ast und duckte mich zwischen die Blätterbüschel.

Suzette hatte eingelenkt und Alexia recht gegeben, jetzt nahm sie ihren Strohhut und drehte ihn in den Händen, immer rundherum.

„Ich frage mich", fuhr sie fort, „ob diese ... Unpässlichkeit etwas mit dem Jungen zu tun hat. Es ist doch komisch, dass gerade die das Bluten bekommen haben, die sagen, dass sie ihn gesehen haben. Findest du nicht?"

„Natürlich hat der Junge damit zu tun", erwiderte Alexia erstaunt. Mir blieb der Mund offen stehen. Dass die Schwestern das auf einmal so ohne Umschweife zugaben! Was wussten sie über den Jungen, das wir nicht wussten?

„Den Jungen gibt es zwar nicht", erklärte sie leicht-hin, „aber das Gerücht von seiner Entdeckung hat ge-nug Unruhe und Verwirrung angerichtet. Manche von uns sind für Visionen und Bilder sehr empfänglich, wie du weißt. Allein die Vorstellung, ein Junge würde es wollen, in unsere Welt zu kommen, lässt sie Zeichen hervorbringen. Verstehst du?"

Suzette schüttelte widerwillig den Kopf. Vermutlich wollte sie sich ebensowenig wie ich mit Reden über Geheimnisse und Zeichen abspeisen lassen.

„Es ist wichtig, dass du das verstehst", betonte Ale-xia. „Es gibt wenige, die dazu in der Lage sind. Du gehörst dazu, seit Längerem, das haben Mona und ich erkannt. Wir wollen dir zeigen, wie du tiefer in die Wahrheit eindringen kannst ... "

„Was meint ihr denn immer mit Wahrheit?", rief sie ungeduldig. „Was hat das denn alles mit uns zu tun, mit unserem Leben und dem, was ... " Verzweifelt rang sie nach Worten, ich sah, wie sich ihre Finger in den weichen Rand des Hutes bohrten. „ ... was wir uns wirklich wünschen?"

„Sehr viel, Suzette. Davon spreche ich ja. Unsere Wünsche hier zielen immer auf das Eine, ob uns das bewusst ist oder nicht. Im Grunde wünschen wir uns alle tief in das Herz der Wahrheit hinein, denn dort sind wir so vollkommen schön und eins miteinander, wie wir es uns normalerweise nicht vorstellen können. Alle Unzufriedenheit und Auflehnung rühren nur da-her, dass wir nicht an das Eine glauben. Misstrauen, Einsamkeit und das Gefühl, als wäre plötzlich alles

Liebgewordene hässlich und hinterlistig – das, Suzette, sind die Folgen davon. Wir alle erleben das immer wieder. Auch wir, Mona und ich. Aber wir dürfen uns davon nicht verwirren lassen."

Am liebsten hätte ich mir die Ohren zugehalten, ich wollte das nicht hören, aber ich brauchte beide Hände, um mich auf dem Ast festzuhalten. Während Alexia redete, überlief mich ein Schauer, wieder fragte ich mich, ob sie wusste, dass ich hier oben saß und sie belauschte. Was sie sagte, schien nicht für Suzette, sondern für mich bestimmt.

„Die Vorstellung eines Jungen hier bei uns ist eine Verwirrung, mit der wir umgehen lernen müssen. Und unwillkürlich tun die Schwestern das auch. Sie bringen ein Zeichen hervor, für sich selbst und für uns. Damit wir deutlich sehen können, worum es in Wahrheit geht."

„Das verstehe ich nicht", sagte Suzette abweisend.

„Sie beginnen zu bluten, ganz einfach. Als wären sie verletzt. Was aber verletzt ist, sind ihre Seelen, das Innerste, das sich gegen die Täuschung wehrt. Sie wollen uns damit warnen, denselben Fehler zu machen."

„Sie tun das selbst?", fragte Suzette ungläubig.

„Die Schönheit in ihnen tut es." Alexia hatte sich nun auch aufgesetzt, damit sie Suzette ins Gesicht sehen konnte. Sie streckte die Hände aus und wollte die von Suzette, die immer noch rastlos am Strohhut entlangglitten, in ihre nehmen. Suzette zog sie zurück.

„Durch das Blut sind sie gezwungen, ihre Scham zu verhüllen. Das ist etwas Furchtbares und Abstoßendes, Suzette, ich hoffe, du kannst nachempfinden, wie ... "

Sie suchte nach dem richtigen Wort. „ ... wie lebens-
feindlich das ist. Noch nie haben wir unsere Scham
voreinander verhüllt. Das Kostbarste, was wir haben,
soll stets offenbar sein und die Schönheit –"

„Aber damit sagst du ja, dass es den Jungen gar
nicht gibt. Das verstehe ich nicht. Gibt es denn nun
überhaupt Jungen oder nicht?"

„Es gibt sie. Aber nicht so, wie es uns gibt. Verstehst du? Es gibt sie als unsere Furcht, als die Be-
schränkung, die wir uns selbst auferlegen. Wovor wir
uns fürchten, kann Wirklichkeit werden. Und sobald
die Furcht schwindet. schwindet auch das, was wir
fürchten. Es ist ganz einfach."

Mit Alexia hatte ich selten so intim geredet wie mit
Mona. Deshalb kannte ich nur Monas Erklärungen
und dachte immer, das wäre eben Monas Art, mir die
schwierigen Dinge über Schönheit und Wahrheit zu
erklären. Sie hatte dabei einen merkwürdig sanften,
freundlichen, aber eindringlichen Ton, den ich sonst
an ihr nicht kannte. Und nun, wie ich oben auf meinem Ast lag und das Gespräch zwischen Alexia und
Suzette belauschte, erkannte ich diesen Tonfall wieder.
Beide großen Schwestern erklärten Geheimnisse auf
die gleiche Art: Als würden sie aus einem Buch vorle-
sen oder etwas auswendig Gelerntes zitieren. Deshalb
hatte ich auch oft das Gefühl, dass sie mir uneinholbar
voraus waren auf dem Weg. Insgeheim hatte ich den
Eindruck, dass alles, was sie sagten und wussten, irgendwo versteckt niedergeschrieben stand, dass nur sie
allein den Ort kannten und dass wir deshalb immer
von ihnen abhängig waren.

Noch vor Kurzem wäre es mir wichtig gewesen, die Wahrheit herauszufinden. Jetzt aber, nach der Begegnung mit Alice, war das gleichgültig geworden. Es ging nicht mehr um Geheimnis oder Schönheit oder um das, was die Schwestern als Wahrheit ansahen. Es ging nur noch um den Jungen.

„Und wenn ich Juliette und die Römerin fragen würde, ob sie dem Jungen begegnet sind oder nicht, was würden sie sagen?"

Alexia lachte. „Du bist ganz schön hartnäckig, Suzette. Das mag ich so an dir. Alle deine Schwestern würden dir nichts anderes erzählen, als was sie uns erzählt haben: dass sie glauben, den Jungen gesehen zu haben. Was würdest du erwarten?"

„Und wenn ich sage, dass ... " Hier stockte sie und erhob sich plötzlich. Noch immer hielt sie den Hut in beiden Händen. Daran erkannte ich, wie sehr sie mit sich kämpfte. „ ... dass ich den Jungen selbst gesehen habe?"

Ich erschrak, als sie das sagte. Suzette wollte ihn gesehen haben? Wann?, fragte ich mich unwillkürlich. Vor oder nach unserem Gespräch? Hatte sie dann womöglich recht mit dem, was sie sich von ihm erhoffte? Oder fiel auch Suzette schon auf die Täuschung herein, von der Alexia sprach?

„Dann, meine Liebe, würdest auch du das Zeichen hervorbringen", entgegnete Alexia gelassen.

„Und wenn nicht? Wenn eine den Jungen tatsächlich gesehen hat und sich nicht dagegen wehrt? Wenn das mit dem Blut kein Zeichen ist?"

„Schade", meinte Alexia und legte sich in den Stuhl

zurück, schaute Suzette ein letztes Mal an. „Schade, Suzette, dass du mich belügst. Du hast ihn nicht gesehen, das weiß ich." Dann zog sie den Hut über ihr Gesicht und streckte sich bequem aus.

Suzette ließ ihren Stuhl stehen und ging zum Haus zurück, zuerst langsam, dann lief sie und verschwand in der Tür.

Ich presste mein Gesicht gegen die mehlige Rinde des Astes und weinte lautlos. Die Rinde färbte sich dunkel, die Tränen liefen in kleinen Bahnen über die Rundung und stockten schließlich im Staub. Keine fiel herab von meinem Maulbeerbaum. Keine verriet mich.

Weinend lief ich durch den Wald. Ohne es zu wissen, war ich auf dem Weg zum Strand. Ich wusste nicht, wo ich sonst hin sollte. Mona und Alexia konnte ich nicht mehr trauen. Ich hatte Angst vor ihnen. Plötzlich glaubte ich, dass sie zu schrecklichen Dingen fähig waren. Wenn sie lügen konnten, wenn sie uns Vorschriften aufzwangen, um ihre verborgenen Ziele zu erreichen, dann war alles möglich.

Ich ging durch den Wald und wurde immer langsamer. Eine niegekannte Traurigkeit drückte mich nieder, Ich fragte mich, was in Zukunft werden würde. Spätestens in einigen Tagen musste ich zurück ins Herrenhaus, und ich wollte es ja auch. Es war meine Heimat. Dort war mein Zimmer. Dort waren Alice und Suzette und alle, die ich gern hatte. Beim Gedanken daran, allein und ausgestoßen umherstreifen zu müssen, wurde mir ganz elend. Vielleicht, dachte ich, hätte ich nicht einfach davonlaufen sollen, sondern versuchen, mit Suzette zu sprechen. Sie als Gefährtin und Mitwisserin zu gewinnen. Wo war sie in diesem Augenblick? Wo waren die anderen? Irgendwann verließ ich den Strandweg und schlug mich querfeldein, ging drauflos, ohne mich um irgendetwas zu kümmern. Es war mir alles gleichgültig. Ich war wütend und verzweifelt, ich ballte die Fäuste und die Tränen liefen mir übers Gesicht, und zugleich war mir so übel, dass ich mich nur noch hinlegen und nie wieder aufstehen wollte.

Ich weiß nicht, wie lange ich so umherirrte. Auf einmal trat ich aus dem Wald heraus und stand vor den Dünen. Hier war ich selten gewesen. Die Dünen waren höher als am Badestrand und ganz mit Gras bewachsen, mit diesem harten langen Gras, das an den Fußsohlen wehtat. Der Dünengürtel schloss das Meer ab, nur ein schwaches Rauschen war zu hören. Es war windstill und sehr warm. Die Abgelegenheit des Ortes machte mich ruhig, als wäre ich irgendwo angekommen. Kleine Pfade liefen im Sand, ich folgte ihnen und kam zu einem Graben, der sich am Fuß der Dünen entlangzog. Er war sehr tief und überwuchert von Gebüsch. Rote Beeren hingen an den Zweigen, das Laub war graugrün und glänzte matt. Unten am Grund musste ein Bach fließen, ich hörte es plätschern. Ich stand und lauschte weiter und hörte mit einem Mal weitere Geräusche, die mir vorher nicht aufgefallen waren. Das Wispern des Windes auf dem Dünenkamm. Vögel drinnen im Wald. Flattern und Huschen im Gebüsch. Meinen eigenen Atem. Ein fernes Singen, leise und abgerissen vom Wind, ein fremdartiges Lied, das aus dem Himmel zu kommen schien, oder es war das Blau des Himmels selbst, das läutete mit unsichtbaren Glocken. Trotz der Wärme bekam ich eine Gänsehaut. Dann hörte ich Stimmen.

Sie klangen näher als das Singen. Jemand ging drüben, auf der anderen Seite der Düne. Ich wäre am liebsten die Düne hinaufgeklettert und hätte über den Kamm gespäht. Aber ich fand keine Stelle, an der ich den Graben hätte überwinden können. Ich hatte geglaubt, völlig allein und ausgestoßen zu sein, hatte gedacht, dass alle im Herrenhaus waren, von Alexia und Mona festgehalten. Und nun traf ich hier am Strand einige meiner Schwestern, die frei herumliefen, als wäre nie etwas geschehen.

Ich lauschte wieder. Jemand lachte.

Ich erkannte das Lachen. Es war Suzette.

Rasch drückte ich mich in das Gebüsch des Grabens und stieg hinab auf den Grund. Er war aber tiefer, als ich gedacht hatte; unten angekommen, schloss sich das Dach der Sträucher über mir und schnitt den Himmel ab. Es roch modrig, die Luft war dumpf und schmeckte seltsam. Der Bach war ein Rinnsal und bahnte sich seinen Weg zwischen verfilzten Stelzwurzeln, die die Böschung bedeckten wie ein dichtes Sperrwerk. Ich versuchte, an ihnen Halt zu finden, rutschte aber immer wieder ab, sie brachen unter meinem Fuß, und der Sand der Böschung rutschte nach. Mücken schwirrten hier unten und gerieten mir in die Augen und in den Mund. Plötzlich bekam ich furchtbare Angst. Ich war gefangen, eingesperrt in einem Verlies aus Moder und Wurzelgespinst. Sinnlos rannte ich gegen die Böschung an, zerkratzte mir die Haut an den Sträuchern, schlug wild um mich, um die Mücken abzuwehren –

und schrie.

Ich schrie um Hilfe, als ginge es um mein Leben.

Ich schrie gellend und spitz mit einer Stimme, die ich noch nie gehört hatte. Eine Angst lag darin, die mir selbst unbekannt war. Ich wusste nicht, wovor ich solche Angst hatte, und ich konnte auch nicht darüber nachdenken.

Ich weiß nicht mehr, was ich schrie. Ich weiß nur noch, dass ich einen Namen rief, einen Namen, den ich noch nie gehört hatte und an den ich mich bis heute nicht erinnern kann.

Plötzlich raschelte es oben in den Sträuchern. Ich sah zwei Gesichter, die sich herabbeugten.

„Was ist denn los?", rief jemand.

Und: „Bist du das, Janine?"

„Ich komm nicht mehr raus!", rief ich.

„Warte! Wir helfen dir!"

Sie drückten die Zweige beiseite, und eine ließ sich die Böschung hinab, wobei die andere sie an der Hand festhielt. Außerhalb des Gebüschs musste noch eine dritte stehen. Ich streckte mich nach der Hand aus und bekam sie zu fassen, sie packte mich mit kräftigem Griff. Die Haut war dunkler als meine, ich erkannte die Form der Finger und die großen Halbmonde unter den Nägeln: Es war Nasti. Sie zerrten mich durch die Sträucher hindurch, meine Füße suchten immer noch vergeblich Halt, so dass ich fast mit dem ganzen Gewicht an Nastis Hand hing. Ich hatte nicht gewusst, dass Nasti so kräftig war. Nun sah ich, dass Kim sie an der anderen Hand hielt, und als ich aus dem Gebüsch herausgezogen wurde und im Sand liegenblieb, mit zitternden Knien, stand Suzette vor mir.

Ich sah sie an und lachte. Ich war so erleichtert. Nun waren alle wieder da. Ich war nicht mehr allein Nun würde alles gut werden.

„Was machst du denn hier?", fragte ich Suzette froh.

„Und du?", fragte sie misstrauisch zurück. „Wie bist du hierhergekommen? Hast du die Botschaft schon gehört?"

Ich war verblüfft und schaute mich unter den dreien um. Jede musterte mich auf ihre eigene Art, Nasti mit gerunzelter Stirn, Kim zurückhaltend und ein wenig hochmütig, und Suzette hatte mich scharf ins Auge gefasst.

„Was gibt es an mir prüfen?", fragte ich und entschloss mich, alles auf eine Karte zu setzen. „Es gibt nichts, was es an dir nicht auch zu prüfen gäbe – nach deinem Gespräch mit Alexia unter dem Maulbeerbaum."

Sie war so überrascht, dass ihr der Mund offen stehen blieb. Gleichzeitig verschwand der misstrauische Ausdruck in ihrem Gesicht, eine ängstliche Neugier und Entschlossenheit lagen darauf.

„Klärt das ein andermal", wandte Kim ein. „Wir haben es eilig."

„Komm mit!", forderte mich Nasti auf und nahm mich bei der Hand. Ich ließ mich führen wie ein Kind, stieg mit ihnen die Düne hinauf und folgte ihnen den

Kamm entlang. Der Wind hier oben war frisch, eine Kühle lag darin, die Regen oder ein Unwetter ankündigte. Er kam böig und stäubte mir Sand ins Gesicht. Das Meer war schwarzgrün und gezähnt von weißen Schaumkronen. Unten an der Wasserlinie stand jemand, eine kleine Figur, verloren und einsam, als wartete sie darauf, von einer großen Woge weggeschwemmt zu werden. Wir durchstiegen einen Einschnitt in den Dünen und erreichten einen Gipfel, von dem aus der ganze Strand zu überblicken war. Merkwürdigerweise erkannte ich nichts wieder. Obwohl unser gewohnter Badestrand nicht weit weg sein konnte, kam mir alles unbekannt vor. Auf einer einzelnen Düne, die zwischen den anderen wie ein Kegel hervorragte, stand noch jemand.

„Wer ist das da unten?", fragte ich Nasti, die mich noch immer hinter sich herzerrte. „Und wer ist das da vorn?"

„Komm, weiter!", sagte sie nur.

Die Gestalt unten am Wasser drehte sich um und blickte zu uns herauf. Ich blieb stehen und sah sie an, meinte, ihr Gesicht sehen zu können, wie sie mich ebenfalls anblickte. Sie hob zögernd die Hand, ein schwermütiger, verzagter Gruß, so schien es mir. Dann zog Nasti mich weiter.

„Beeil dich!", sagte sie. „Die anderen müssen auch bald da sein. Alice holt sie."

„Alice? Was tut Alice hier bei euch?"

Und dann sah ich die Frau – die Frau, die auf der Düne stand.

Sie steht wie ein Seezeichen, ein schlanker Turm, weiß, umweht vom Schleier ihres Kleides wie eine Braut. Ein Denkmal, das in der Höhe über dem Meer ausgesetzt wurde, um zu zeugen von einem fernen Land und um jeden dorthin zu weisen, der sie sieht. Über dem Meer steigt eine Wolkenwand herauf, eine strahlendweiße Wolkenkrone um einen schmutzigrötlichen Kern. Der Wind prallt mit wütender Wucht gegen die Frau, doch nicht um sie umzuwerfen, sondern um sie willkommen zu heißen.

Sie sieht das Unwetter in der Ferne. Sie ist ein Teil davon.

Und doch wirft sie den Kopf in den Nacken, als sauge sie das heranwehende Glück und die Verzückung aus der Luft. Nun strahlt sie selbst, einen Flor aus Reinheit und Licht hinter sich. Sie blüht unter der Sonne, die grell am Rand der Wolkenwand steht. Sie wendet sich ihr zu, hat die Augen geschlossen, ihre Haare flattern wie ein Siegesbanner, doch es sind nicht ihre Haare, es ist ein hauchdünner Schleier.

Es ist Claire.

Wir setzen uns einige Schritt von ihr entfernt in den Sand. Die anderen schweigen, scheinen zu warten, bis Claire sich ihnen zuwendet. Die Gestalt unten am Strand kommt nun näher, verschwindet im Dünengürtel und klettert schließlich zu uns herauf. Sie ist schmächtig, ihr Kopf kahlgeschoren wie der von Claire, und sie trägt eine Brille.

Ich springe mit einem Schrei auf. „Lena!"

Ich will ihr entgegen, doch Kim hält mich zurück. Lena ersteigt die Höhe und bleibt schweratmend vor uns stehen.

Kim nickt lächelnd. „Es stimmt also."

Lena lächelt auch. „Natürlich." Dann schaut sie mich an und sagt zu Kim: „Und Janine habt ihr auch schon gefunden."

Ich bin zu verwirrt, um etwas zu entgegnen. Bedenkenlos lasse ich alles um mich her geschehen und wartet einfach, bis jemand mir die Auflösung verraten wird.

Im Wind warten wir. Lena kauert neben mir, verstohlen betrachtet ich sie. Sie ist immer schon zierlich gewesen, aber jetzt ist sie so dürr, dass man die Rippen zählen kann. Die Ellbogengelenke stehen spitz heraus. Ihr Gesicht ist eingefallen und knochiger als je, sie hat dunkle Ringe unter den Augen, das Muttermal wirkt dadurch wie eine große Wunde. Was ist geschehen?, frage ich mich. Gerne würde ich mit ihr reden, sie um eine Erklärung bitten, ihr sagen, wie froh ich bin, sie wiederzusehen. Ich könnte heulen. Aber das Schweigen der anderen zwingt mich in eine Einsamkeit hinein, die schlimmer ist als jene vorhin im Wald. Worauf wartet wir eigentlich?

Claire steht und rührt sich nicht. Einmal breitet sie die Arme aus, als wollte sie gleich abheben, ein Meeresvogel, den ungestüm die ewige Freiheit lockt. Das Unwetter kommt näher, wächst über den Horizont herauf und füllt den halben Himmel. Das Licht der Sonne wird kalt und weiß, bricht sich an den Wolkenrändern, die eine regenbogenfarbene Aureole tragen. Der Wind wird immer stärker, er hat jetzt eine Gewalt erreicht, die ich hier nur an Sturmtagen erlebt habe.

Dennoch strahlt die andere Hälfte des Himmels heiter wie am schönsten Sommertag.

Ich schaue zu Claire auf.

Sie scheint zu tanzen. Reglos, in einem unsichtbaren Reigen. Der Reigen reicht bis zu den Wolken, bis zur Sonne, umtanzt Meer und Himmel und unsere ganze Welt. Claires Gesicht wendet sich kühn und frei dem Reigen entgegen, steht in die Schar hinaus, die über sie hinwegstürmt. Claires Gesicht leuchtet vor Verzückung. Sie steht in einer Seligkeit, die niemand je mit ihr teilen kann. Sie öffnet sich einem Andrang, dem Ausfluss einer Quelle, die ihr allein offenbart ist.

Sie hält still. Leicht, spielerisch, in den Wind und den Sturm gekleidet wie in ihr Kleid, das an ihrem Leib zerrt. Sie hält stand einem verborgenen, mächtigen Aufgang, als wäre ein Tor geöffnet worden. Sie wartet.

Nach einiger Zeit waren am Waldrand Stimmen zu hören. Eine Gruppe von Mädchen näherte sich plaudernd unserer Düne, einige zeigten herauf. Ich erkannte die blonde Kristina, die kleine Tess, selbst Anja war dabei – und Alice! Alice hatte sie hergeführt und wies nun auf uns. Sie winkten. Kim winkte zurück und bedeutete ihnen, sich zu beeilen.

Als sie oben anlangten, fing Alice meinen Blick auf und lachte. „Schön, dass du schon da bist. Wir sind vollzählig."

„Vollzählig wozu?", fragte Kristina. Ich war erleichtert, dass noch jemand außer mir nicht wusste, was vorging.

„Sie haben uns verboten, das Herrenhaus zu verlassen", platzte Anja heraus. „Wir sollen drinbleiben, bis das Bluten aufgehört hat."

„Wer hat denn nun die Botschaft erhalten?", wollte Kristina wissen.

„Welche Botschaft?", fragte ich.

Da wandte sich plötzlich Claire um und sagte mit einer kräftigen, schneidend klaren Stimme: „Die Vermählung. Die Vermählung ist angekündigt worden. Der Bräutigam wartet."

Alle verstummten und schauten sie an. Der Wind umtoste uns. Mir wurde klar, dass die anderen auch nicht richtig verstanden, worum es tatsächlich ging.

„Das ist ja Lena", rief Tess. Die Tränen kamen ihr. „Lena, Lena, wo bist du gewesen?"

Lena erhob sich. Sie wirkte so leicht, dass ich Angst hatte, der Wind würde sie mit sich reißen. Alice ging auf sie zu und umarmte sie. Nun trat Suzette vor und legte Lena die Hand auf die Schulter.

„Lena ist wieder bei uns. Wir freuen uns alle, Liebes", sagte sie zärtlich und strich ihr über den geschorenen Kopf.

Dann fuhr sie fort: „Claire hat es gesehen. Sie wusste, wo Lena zu finden war. Und als sie sie gefunden hatte, sagte ihr Lena, dass wir uns treffen sollen, wir zehn. Hier am Strand. Noch heute Nachmittag. Claire wusste", hier warf sie Claire einen Blick zu, als erbitte sie eine Bestätigung ihrer Worte, „dass sie es Alice weitersagen sollte, und nachdem Alice erfahren hatte, wer zu den Zehn gehören sollte, nahm sie alles Weitere in die Hand."

Alice nickte. „Claire wartete hier mit Lena. Ich bin

ins Herrenhaus gegangen und traf dort Suzette, die gerade mit Kim und Nasti auf dem Weg in den Wald war."

„Wir hatten von dem Verbot gehört", schaltete sich Kim ein, „das Mona und Alexia erlassen hatten, aber wir wussten nicht, wie ernst es gemeint war. Wir hatten seit Längerem das Gefühl, dass irgendetwas nicht stimmte, und waren ziemlich wütend."

„Das Verbot wurde nach meinem Gespräch mit A-lexia erlassen", erklärte Suzette und sah mich mit einem vielsagenden Lächeln an. Nun wusste ich, dass ich ihr trauen konnte.

„Das war Glück, euch gleich zu finden. Um Anja und Kristina Bescheid zu sagen, musste ich noch einmal hin. Sie waren zwar nicht sofort bereit, mitzu-kommen –"

„Ich schon", warf Kristina ein.

„ – aber sie kamen schließlich mit. Nur von dir, Ja-nine", sie wandte sich mir zu und nickte bekümmert, „wusste keiner, wo du warst. Du warst wie vom Erd-boden verschluckt. Ich bin so froh, dass du hergefun-den hast. Woher wusstest du von der Botschaft?"

Endlich kam ich auch einmal dazu, etwas zu sagen. Alle schauten mich an.

„Überhaupt nicht. Ich habe davon erst durch die drei hier erfahren. Ich bin ziellos umhergelaufen und kam ganz zufällig hierher. Die drei mussten mir aus einem Graben helfen, in den ich geraten war."

„Dann weißt du gar nichts?"

Ich zuckte die Achseln.

„Was ist mit dir, Claire?" fragte ich unvermittelt und

blickte sie an. Claire war überrascht und schwieg. „Du bist zur Mittschwester ernannt worden, oder nicht?", bohrte ich weiter und konnte einen spöttischen Ton nicht unterdrücken. Sie war mir unheimlich, und ich hatte auch das Gefühl, dass sich nicht alles um sie und ihre verrückten Visionen drehen sollte.

„Es ist ein reiner Brauthimmel heute", sagte sie schließlich tonlos, während ihr Kleid im Wind flatterte. „Der Brauthimmel, auf den wir immer gewartet haben. Wir alle sind Bräute. Wir alle zehn."

„Wer sagt das?", wollte ich wissen.

„Der Junge", antwortete jemand hinter mir.

Ich drehte mich entgeistert um. Es war Lena. Sie stand mit gesenktem Kopf da, fast schüchtern, und fuhr dennoch mit fester Stimme fort: „Der Junge hat es mir gesagt. Ich soll euch holen."

Zuerst bekam ich kein Wort heraus. Dann stieß ich die erste Frage hervor, die mir in den Sinn kam: „Wann?"

„Beim zweiten Mal. Ich habe ihn nur zweimal gesehen. Das heißt – " Sie zögerte, runzelte die Stirn, als erinnerte sie sich nur undeutlich. „ – vielleicht auch dreimal. Aber die Namen sagte er mir beim zweiten Mal. Nachdem mich Mona und Alexia gewarnt hatten, etwas zu verraten."

„Und danach?"

Jäh wandte sie sich ab. An ihrem Nacken waren rote Striemen zu sehen, als sie den Kopf drehte, und nun entdeckte ich solche Striemen auch an ihren dünnen Handgelenken. Mir wurde übel. Rasch sah ich mich um, ob die anderen auch etwas bemerkt hatten, aber die hatten sich abgewandt, nur Claire musterte mich weiterhin. Wütend starrte ich zurück. „Und was passiert jetzt?", fuhr ich sie unfreundlich an.

„Wir warten, bis es Abend wird."

„Hier?"

„Ja, hier", antwortete Alice, die auf einmal neben mir stand. Sie umarmte mich, ich spürte ihren hageren Körper, ihre Haare fielen mir über die Schultern, am liebsten hätte ich sie festgehalten und geweint und sie nie mehr losgelassen.

„Alice", flüsterte ich.

„Ich weiß", flüsterte sie zurück. „Es wird nie mehr so sein wie früher."

Wir warteten also.

Das Unwetter blieb, wo es war. Die Wolkenwand, die im späten Licht zu glühen begann, verschloss den Horizont. An ihrem Rand sank die Sonne dem Meer zu und tränkte sie mit Wärme und Glanz. Die Wand schien zum Greifen nahe und sah aus wie ein Heer vermummter Gestalten, eine Schar verklärter Engel. Der Wind hatte nachgelassen.

Einmal erschien mitten aus den Wolken eine riesiger Schwarm von Vögeln. Winzig begann er, entsprang einer geheimen Quelle, breitete Schwingen aus Tausenden von Flügeln, zog sich auseinander und bedeckte plötzlich den Himmel, strömte lautlos heran, unzählbare Boten, deren Botschaften niemand verstehen würde, strich mächtig über uns hinweg und verschwand im Landesinneren.

Niemanden von uns erstaunte das Schauspiel. Es

war ein Tag, wie er noch nie gewesen war und auch nie wieder kommen würde. Was heute geschah, würde so einmalig sein, dass das Ungewöhnliche nur als Beiwerk erschien. Ich fragte mich, ob ich an Wunder zu glauben begonnen hatte.

Vielleicht tat ich es, in diesen Stunden auf der Düne. Nicht mit Gedanken oder mit dem Willen, aber tief in mir mit einer Sehnsucht, die lange gewartet hatte, gewartet auf solch einen Tag.

Ich war bereit, an das größte Wunder von allen zu glauben.

„Wir werden alle im Himmel sein", sang Claire vor sich hin. „Alle im Himmel." Sie kauerte abseits von uns, versunken in ihre Gesichte, schüttelte manchmal den Kopf, hielt die Augen geschlossen, als wären wir gar nicht da. „Wir stehen schon im Kommenden. Wir stehen hinaus in den Himmel, in den Abgrund aus Licht. Meine Schwestern, wir werden alle an dem Ort sein, wo es keinen Horizont mehr gibt. Wo die Wahrheit alles ist, was es noch gibt, und wo die Wahrheit alles auslöscht."

Ich hörte ihr zu, müde, dösend, wusste nicht, ob sie sich selbst klar war, was sie da sagte. Es war egal. Claire hatte dieses Zusammentreffen eingeleitet. Sie hatte Lena gefunden. Sie war dazu da, Gesichte zu haben und Dinge zu schauen, die niemand verstand, vielleicht nicht einmal sie selbst. Welche Rolle sie in Monas und Alexias Plänen gespielt hatte, wusste ich nicht. Ob sie aus ihrer Fähigkeit Gewinn gezogen hatten? Wer sollte das wissen? Es interessierte mich nicht einmal, ob sie vertrauenswürdig war. Möglich, dass sie ein Schauspiel inszenierte, das den großen Schwestern endgültig die Macht in die Hand gab. Es war gleichgültig. Es würde geschehen, was geschehen musste.

„Wir werden in der Wahrheit vergehen, liebe Schwestern, wie Stäubchen in einem Feuerofen. Alles wird sich auflösen, und alles wird von vorn beginnen."

„Was erzählt sie da?", fragte mich Suzette.

Ich schüttelte den Kopf. „Ich begreife nicht, wie sie uns anführen soll", entgegnete ich leise.

„Aber sie führt uns doch gar nicht an. Sie ist nur die Mittlerin, das weißt du doch."

„Aber – wer dann ?"

Suzette deutete mit dem Kopf auf Lenas dürre Gestalt, die am Rand der Kuppe saß und reglos in die Ferne starrte, das Licht der tiefstehenden Sonne schimmerte in ihren Haarstoppeln wie winzige Diamanten.

Ich nickte betroffen. Ja, dachte ich, natürlich. Wer sonst? Und Lena wandte sich zu mir um, als hätte sie meine Gedanken gelesen.

„Alles beginnt von vorn. Aber einige werden nicht mit uns eingehen. Ich sehe", sagte Claire mit weicher Stimme und einer heillosen Trauer, „ich sehe einige Gestalten hart und klein am Rand stehen. Sie wollen sich nicht auflösen. Sie bleiben, umlodert von Unermesslichkeit. Wer kann die Unermesslichkeit ausmessen? Wer glänzt herauf im wütenden Licht? Sie werden bleiben und das Licht sehen, ewig, und alles geht ein in die nie endende Schönheit ... "

Dann endete der Tag, und der Abend brach an.

Lena erhob sich. „Wir machen uns jetzt auf den

Weg. Habt ihr an die Lampen gedacht?"

„Die Lampen?", fragte Alice erstaunt. „Welche Lampen?"

„Von Lampen hat uns niemand etwas gesagt."

Claire lachte höhnisch auf.

„Wir brauchen doch Lampen, wenn wir im Dunkeln den Weg finden wollen", sagte Lena.

„Wo geht es denn hin?", wollte Nasti wissen.

„Das werdet ihr schon sehen. Ihr kennt den Ort nicht."

„Wie viel Zeit haben wir noch, bis es dunkel wird?", fragte Suzette sachlich.

„Es würde noch reichen, Lampen zu holen", antwortete Alice.

„Wo?"

„Wo schon?", erwiderte Alice ungeduldig. „Im Herrenhaus. Die Petroleumlampen unten im Verschlag unter der Treppe."

Einen Augenblick lang war es still. Wir wussten, was es bedeutete, zurück ins Herrenhaus zu gehen. Ich beobachtete Suzette, wie sie die anderen reihum musterte. Alice tat dasselbe. Lena hielt den Kopf gesenkt und die Augen geschlossen. Tess und Anja waren zu jung und unerfahren. Kristina traute ich immer noch nicht ganz. Claire kam nicht in Frage und Lena erst recht nicht. Sicher hatte sie schreckliche Angst vor den großen Schwestern, die sie so misshandelt hatten. Kim und Nasti waren wohl beherzt genug, es müsste aber jemand bei ihnen sein, der besonnen und umsichtig reagieren würde, wenn es Schwierigkeiten gab.

„Suzette, würdest du gehen?", fragte plötzlich Lena.

Sie hob den Kopf und schaute Suzette an. Hatte sie nachgedacht? Hatte sie in Gedanken mit irgendjemandem gesprochen? Lena wurde mir fast ebenso unheimlich wie Claire.

Suzette nickte.

„Und du, Janine?", wandte sie sich unvermittelt an mich. „Würdest du sie begleiten?"

Ich war zuerst erschrocken, dann freute ich mich. Lena blickte mich mit einer Wärme und Zuneigung an, wie ich sie an ihr noch nie erlebt hatte.

„Ja", antwortete ich. „Ja."

Und dieses Ja war eines der wichtigsten, die ich je gegeben hatte. Das konnte ich zu diesem Zeitpunkt jedoch nicht wissen.

Wir machten uns sofort auf den Weg. Suzette kannte den Rückweg. Sie ging einige Zeit am Waldrand entlang, bis wir auf die Mündung des Strandweges trafen. Seltsam, dachte ich. Eigentlich hätte ich die Gegend wiedererkennen müssen. Schweigend gingen wir den Strandweg entlang durch den hohen Kiefernwald. Zwischen den Bäumen herrschte bereits Zwielicht, wir konnten nicht weit sehen. Im Wald riefen Vögel, wir hörten unsere nackten Sohlen auf dem Sand. Als der Weg sich mit braunen Nadeln bedeckte, wichen wir an den Rand aus, um uns jederzeit zwischen den Bäumen verstecken zu können. Ich war schon öfter abends unterwegs gewesen, außerhalb des Herrenhauses, war auch schon manchmal spät heimgekehrt und hatte das Haus in der Nacht daliegen sehen, ein Ort der Heimeligkeit und Sicherheit. Aber an diesem Abend war es, als käme ich von einer langen Reise zurück und spürte einen Widerstand, je näher ich dem Herrenhaus kam, einen Widerstand, gegen den ich immer schwerer angehen konnte. Suzette schien es ähnlich zu gehen, denn sie blieb stehen und wischte sich den Schweiß von der Stirn. Es war schwül im Wald.

Weit vorn erblickten wir ein rundes Loch aus Helle im Walddämmer. Dort mündete der Weg auf die große Wiese. Dort würden wir in die Sichtweite des Hauses kommen. Suzette machte eine Geste in Richtung des Unterholzes, und wortlos schlugen wir uns ins Gebüsch. Wir versuchten, so leise wie möglich vorwärtszukommen, aber um uns her knackten Zweige und brachen Äste, und einmal flatterte ein Vogel auf und floh schimpfend.

Am Waldrand blieben wir stehen. Mitten in der Wiese stand das Haus. Es ruhte weich auf dem Gras wie ein gestrandetes Schiff, ein graues, stilles Wesen, das auf uns zu warten schien. Nur wenige Fenster waren erleuchtet. Wir hörten nichts. Kein Lachen, kein Singen.

„Wo steigen wir ein?", flüsterte Suzette an meinem Ohr.

„Am besten hinten durch die Küche", flüsterte ich zurück.

Suzette schüttelte den Kopf. „Wir trennen uns. Du nimmst die Küche, ich versuche es durch den Hintereingang."

„Der wird abgeschlossen sein", wandte ich ein.

„Bei uns war noch keine Tür jemals abgeschlossen."

Wir gingen los und trennten uns am Maulbeerbaum. Suzette huschte zum Haus hinüber, während ich an den Büschen der Einfahrt entlangschlich und schließlich auf die Rückseite gelangte. Wie ich erhofft hatte, stand das Küchenfenster offen. Das beruhigte mich sehr, nicht nur, weil ich unbemerkt einsteigen konnte, sondern weil es mir auch zeigte, dass noch manches so war, wie es immer gewesen war. Insgeheim hatte ich befürchtet, dass Mona und Alexia das Haus in eine Festung verwandelt hatten, dass die Schwestern in ihre Zimmer eingeschlossen waren oder Schlimmeres. Wo hatten sie Lena gefangengehalten?, fragte ich mich.

Vorsichtig kletterte ich aufs Fensterbrett, sprang leise hinein, durchquerte die Küche und trat in den kleinen Flur, der um die Ecke ins Treppenhaus einbog.

Dort war auch Monas und Alexias Zimmer.

Mit angehaltenem Atem spähte ich um die Ecke, doch der Treppenaufgang lag verlassen. Die Tür zum Verschlag lag auf der anderen Seite. Ich musste an der Tür des Zimmers der großen Schwestern vorbei, um dorthin zu gelangen. Suzette war noch nirgends zu sehen. Da fiel mir ein, dass es unter dem zweiten Treppenaufgang im gegenüberliegenden Flügel des Hauses auch einen Verschlag gab, in dem manchmal Lampen aufbewahrt wurden. Möglicherweise hatte Suzette diesen gemeint und machte sich jetzt dort zu schaffen. Wie viele Lampen sollte ich mitnehmen? Wenn Suzette genügend besorgte, bräuchte ich gar keine zu holen. Aber solche Überlegungen waren unnütz. Noch hatte ich den Verschlag nicht erreicht. Leise huschte ich an dem Zimmer vorbei, warf einen kurzen Blick hinüber, lange genug, um zu sehen, dass es vollkommen dunkel war. Entweder schliefen sie beide, oder sie waren beide irgendwo unterwegs.

An der Treppe blieb ich stehen und horchte in das dämmrige Haus hinein. Oben rührte sich nichts. Keine Schritte, kein Kichern. Alles war still. Da entdeckte ich auf dem ersten Treppenabsatz einen Lichtstreif, der die Fensterscheibe zum Glänzen brachte. Diese Tür führte hinaus auf die Terrasse, die Abendterrasse, wie wir sie nannten, weil Mona und Alexia manchmal dort standen und in den Abend hinausschauten, zusahen, wie der Tag erlosch und die Nacht kam. Die Heimliche, hatte Mona einmal gesagt. Ich durfte an diesem Abend dabei sein, verstand aber nicht, was sie damit sagen wollte. Ich lachte. Lach nicht, hatte sie gesagt. Die Nacht ist unsere Verbündete. Sie ist die gnädige Schwester der Sonne.

Mona. Ja. Ich sah ihr Gesicht vor mir, wie sie in die Dämmerung hinausblickte, der Widerschein des letzten Lichtes auf ihren Wangen, ein silbernes Licht in ihren Augen. Gegen alle Vorsicht stieg ich die Treppenstufen hinauf, verhielt am Absatz und lauschte. Die Tür war angelehnt, dahinter regte sich nichts.

Sie knarrte nicht, als ich den Spalt verbreiterte und hineinsah. In dem verglasten Raum, der direkt auf die Terrasse hinausging, brannte einsam eine Petroleumlampe. Große Pflanzen in Kübeln standen dort, Bäumchen mit Blüten, Stechpalmen, eine Schale mit Iris, deren Blütengesichter bleich und wächsern leuchteten. Ihre gelben Blütenstempel sahen aus wie ausgestreckte Zungen. Auf der Terrasse draußen stand Mona, reglos an die Brüstung gelehnt.

Ich duckte mich hinter einen der Pflanzenkübel. Es

war eine riskante Situation, sie konnte mich von draußen in dem erleuchteten Raum sehr gut sehen, sogar meine Schatten, während ich sie nur als undeutliche Gestalt erkannte. Doch sie war es. Ich kroch auf allen Vieren an die Glastüre heran und entdeckte in einem Terrasseneck einige abgestellte Säcke mit Erde. Rasch schlich ich dorthin und fand gute Deckung dahinter. Nun konnte ich Mona in Ruhe beobachten.

Meine Augen gewöhnten sich an das Zwielicht. Allmählich konnte ich ihre Gesichtszüge erkennen. Sie hatte die Augen geschlossen und hob den Kopf, als hörte sie auf ein Lied, eine Melodie, die mit dem Wind kam. Der Wind hatte aufgefrischt, wühlte in den Kronen der Bäume, spielte in ihrem Kleid.

Auf einmal trat sie von der Brüstung zurück, verschränkte die Arme hinter dem Rücken, hielt dem Wind hin wie einer unerhörten Liebkosung. Die Schleifen flatterten und zerrten an dem Knoten, der das Band um ihre Hüften schloss. Als wollte sich etwas in ihr losreißen, davonfliegen, weit weg und endlich frei. Das erinnerte mich an Claire, aber Mona traute ich zu, dass sie es könnte. Der Wind wollte sich ihrer bemächtigen, doch sie wartete. Zögerte. Weshalb? Was hält dich, Mona?, dachte ich. Mit Tränen in den Augen wünschte ich mir, sie würde mich hören können, hören, ohne dass sie wusste, dass ich es bin. Hören und mit mir reden, ein letztes Mal, und ich würde ihr die Fragen beantworten, die sie nie gestellt hatte.

Es war eine Ahnung, die sie zurückhielt, denke ich heute. Ihr Blick ging weit voraus, wie damals am Strand, als ich ihr und Alexia begegnete. Wie der Claires. Sie schaute auf etwas, das aus der Ferne kommen würde. Ein Lichtsignal vielleicht, eine Botschaft, wegen der sie oft hier draußen gestanden hatte, um zu sehen, ob sie endlich eintrifft.

Stille Stunden, in denen sie träumt. Sie liebt die Dämmerung, sie liebt es, wenn die Dinge und Zusammenhänge sich auflösen, wenn etwas frei wird in ihr und sich raunend breitet wie junge, ungeübte Schwingen. Jetzt, Mona! Flieg los!, denke ich und wünsche mir so sehr, ich könnte in ihre Gedanken eindringen, zu ihr sprechen, um sie aus ihrer Verlorenheit herauszureißen.

Nichts als ein verlorener Vogel, dort auf der Terrasse im blauen Zwielicht. Sie breitet die Arme aus, dass die Ärmel sich bauschen. Lass los, Mona!, denke ich und kneife vor Anstrengung die Augen zusammen, als könnte ich so zu ihr durchdringen. Lass dich in den Wind! Hab keine Angst! Worauf willst du noch warten? Du hast all die Jahre vergeblich gewartet. Der, auf den du gewartet hast, ist jetzt endlich da. Er sucht dich, Mona. Gib dich her! Abend für Abend ziehst du dich auf die Terrasse zurück. Denn du hast längst verstanden, woher du kommst und wem du dich verdankst. Dich selbst und deine zarte, traurige Schönheit.

Ich sehe, wie Mona die Hände vors Gesicht schlägt und sich vornüberbeugt. Der Wind lässt ihre Haare tanzen, als wollte er sie trösten, doch sie ist nicht zu trösten. In diesem Moment erkenne ich, dass Mona nicht kann. Sie kann nicht anders, als sich zu wehren, als an dem festzuhalten, was sie uns allen immer und immer erzählt hat. Sie kann es nicht loslassen, es ist die einzige Wahrheit, die sie besitzt. Ich spüre den Wind kalt auf meinen Wangen, bis ich merke, dass ich weine.

Ach, Mona. Du kannst nicht mehr hoffen. Ich schicke einen Gedanken zu dir hinüber, ein hilfloses Wort wie einen Falter in diesem Strom, der alles erfasst hat. Du siehst alles zergehen und sich auflösen, nichts bleibt. Nicht einmal deine Wahrheit, an die du dein Leben gegeben hast. Du kannst nicht mehr hoffen, dass noch etwas kommt. Dass alles ganz anders ist. Niemand wird je hindurchdringen durch die Mauern aus Einsamkeit und Verirrung, in du dich eingeschlossen hast. Niemand wird die Berge aus Schmutz und Lüge abtragen, die du aufgetürmt hast, damit du deinen Makel nicht sehen musst. Damit du weiter glauben, verzweifelt glauben kannst, du seist rein und schön. Schön bist du, Mona. Doch deine Schönheit ist unsäglich. Du hast sie nie dem gelebt, der sie dir gegeben hat. Du bist blind für das, was sich an dir zeigt, was sich dir jeden Tag aufs Neue beweist. An dir wirft sich die Schönheit auf wie Wellen an einem unkenntlichen Grund weit draußen. Du bist eine einsame Klippe im unsichtbaren Glanzmeer, das von fern heranrollt. Längst hat die Flut alles erreicht. Du stehst und versuchst zu bewahren, was doch nie dir gehört hat. Du bist dumm, Mona. Denn das alles wird vergehen. Du wirst sterben in deiner nie verstandenen Schönheit.

Ich wünsche mir so sehr, dich noch einmal wiederzusehen, Mona. Um dir alles sagen zu können, was ich nun weiß und damals nicht verstehen konnte. Ich weiß nicht, wo du jetzt bist, Mona. Ich sehe heute noch deine Gestalt auf der Terrasse, einsam und verloren, und finde keine Worte für meine Trauer, auch wenn ich weiß, was ihr Grauenvolles getan habt.

Unbemerkt gelangte ich zurück ins Treppenhaus und holte aus dem Verschlag zwei Lampen, eine Flasche Petroleum und eine Schachtel Zündhölzer. Die Flasche war nicht mehr voll, aber sie war die einzige, die ich fand. Ich hoffte, dass Suzette ihrerseits zwei oder drei Lampen mitnahm, sodass wir genügend haben würden für uns zehn. Unter dem Maulbeerbaum traf ich Suzette, die schon auf mich wartete. Sie hielt zwei Lampen in der Hand.

„Hier", sagte sie und zeigte mir die Schachtel Zündhölzer, die sie mitgenommen hatte. Ihre Hand zitterte. Sie wirkte merkwürdig verstört. Ich schaute sie an, doch sie wich meinem Blick aus. Vielleicht ist es die Aufregung und die Angst, dachte ich. Dann nickte ich. „Hast du auch an Petroleum gedacht?"

„Klar. Aber es war keins da. Hast du welches?"

„Eine halbe Flasche oder so", erwiderte ich. „Das wird hoffentlich reichen."

Auf dem Rückweg stellten wir Mutmaßungen darüber an, wohin wir nachher gehen würden. Ob es Lena selbst wusste? Oder fand sie es erst unterwegs heraus? Bisher hatte ich noch gar nicht darüber nachgedacht, was uns bevorstand. Erst jetzt, gemeinsam mit Suzette auf dem dunklen Strandweg, begriff ich, dass wir unterwegs zu dem Jungen waren. Wir sollten uns versammeln, hatte Lena gesagt. Er hatte ihr unsere Namen genannt. Das heißt doch, dachte ich: Ich werde ihm begegnen!

Wieder sah ich das Bild vor mir, das ich mir beim ersten Mal von der Begegnung gemacht hatte. Ich merkte, dass ich mich eigentlich davor fürchtete. Furcht vor diesem nächtlichen Weg, Furcht vor dem Ort, an den Lena uns führen würde, Furcht vor dem, der dort wartete, der uns zu sich gerufen hatte. Er kennt deinen Namen, sagte ich mir und wollte mich dabei beruhigen, dass er die anderen neun ebenso ausgesucht hatte. Ich wusste nur nicht, wozu. Kannte er mich denn? Und woher? Möglich, dass die anderen ihm schon begegnet waren, auch wenn vielleicht keine außer ihnen davon wusste – ich war ihm mit Sicherheit noch nie begegnet. Also warum hatte er auch mich ausgesucht? Ich wollte Suzette fragen, was sie darüber dachte, aber sie ging mit gesenktem Kopf neben mir her, in ein Schweigen versunken, das ich nicht zu brechen wagte. Sie war verändert seit unserem Besuch im Herrenhaus. Als hätte sie dort etwas erlebt, das sie nun sehr beschäftigte. Ich ahnte nicht im Geringsten, was es wirklich war, und erst später, als die Geschehnisse schon nicht mehr aufzuhalten waren, begriff ich, was in Suzette vorgegangen sein musste.

Als wir bei den anderen auf der Düne ankamen, war die Dunkelheit vollständig hereingebrochen. Claire und Lena unterhielten sich flüsternd miteinander, Claire schien heftig auf Lena einzureden, die nur stumm den Kopf schüttelte und einmal scharf etwas erwiderte. Die anderen nahmen uns die Lampen ab. Wir hatten also insgesamt fünf Lampen; zwei davon waren halbvoll, zwei nur noch mit einem Bodensatz Petroleum darin, und eine von denen, die Suzette geholt hatte, war ganz leer. Wir füllten aus der Flasche, die ich mitgebracht hatte, nach, aber es reichte nicht, um alle Lampen voll zu machen.

„Wie weit ist es denn?", fragte Kim. „Wenn wir wüssten, wie lange wir unterwegs sind, dann wüssten wir, ob wir alle Lampen gleich voll machen müssen."

„Brauchen wir denn fünf Lampen?", wandte Alice ein. „Reichen nicht auch vier?"

„Kommt darauf an", meinte ich. „Wenn wir querfeldein unterwegs sind, brauchen wir mehr Licht. Vielleicht könnten jeweils zwei Dreiergruppen und zwei Zweiergruppen eine Lampe nehmen. Dann bräuchten wir bloß vier."

Wir schauten zu Lena und Claire hinüber. Ich weiß nicht, wie es den anderen ging, aber mir kam es in diesem Moment ziemlich dumm vor, Lena die Leitung zu überlassen und alles davon abhängig zu machen, wie sie uns führen würde. Konnte sie uns denn nicht klare Anweisungen geben? Nun stand sie da und flüsterte mit Claire, und wir zerbrachen uns die Köpfe, wie wir genügend Licht beschaffen sollten.

Schließlich wandte sich Lena von Claire ab. Sie schien bemerkt zu haben, dass wir nicht weiter kamen, und vielleicht auch den Unmut, der aufgekommen war. „Wir brauchen fünf Lampen", sagte sie. „Füllt sie alle gleich voll."

„Warum?", wollte Kristina wissen. „Ist der Weg so schwierig?"

„Wir können doch auch gut zu dritt eine Lampe nehmen", warf Kim ein.

Mir fiel auf, dass Nasti sich völlig heraushielt. Sie hatte den Mund zusammengekniffen und wirkte nervös.

„Reicht das Petroleum denn nicht, um alle zu füllen?"

„Nein", sagte Alice. „Was sollen wir tun?"

Wir merkten, dass Lena unwillig wurde über dieses Versäumnis. „Habt ihr denn nicht daran gedacht, Petroleum zum Nachfüllen mitzunehmen?", wandte sie sich an Suzette. Obwohl sie uns beide meinte, sah sie nur Suzette an. „Natürlich", verteidigte sie sich. „Aber es war keins da."

„Und wieso hat dann Janine welches mitgebracht?"

Ein richtiges Verhör, dachte ich. Warum ist sie so streng? Keine von uns kannte Lena so. Wieso war ihr das mit dem Petroleum plötzlich so wichtig?

Suzette verteidigte sich: „Ich war auf der anderen Seite. Im Westflügel. Dort gibt es noch einen Verschlag. Ich dachte, es wäre besser, wenn Janine und ich uns trennten ... "

Lena schaute sie einen Augenblick lang schweigend an. Dann wandte sie sich ab, traurig, wie es schien, und als ob sie sich in etwas Unvermeidliches fügen müsste. Auch Suzette verhielt sich sonderbar. Das brütende Schweigen von unserem Herweg war verschwunden, stattdessen reckte sie stolz den Kopf, als wäre eine schwebende Sache endlich entschieden.

„Machen wir uns auf den Weg", sagte Lena und hielt uns die Lampen hin. „Nehmt immer zu zweit eine. Wir hoffen einfach, dass das Petroleum reicht."

„Warum müssen es denn fünf sein?", fragte Kim

noch einmal.

„Weil es der Junge so will", antwortete Lena müde.

Im Dunkeln kamen wir besser voran als erwartet. Der Mond ging gerade auf und warf lange Schatten, die uns zwar den Weg schlechter erkennen ließen, doch in einer Stunde würde der Mond hoch genug stehen, um uns tatsächlich leuchten zu können. Lena trug selbst keine Lampe. Sie hatte mit Alice die Spitze übernommen, dahinter kamen Nasti und Kim, dann Suzette und ich, hinter uns Kristina, Tess, Anja und Claire. Bald verlor ich die Richtung, weil der Sternenhimmel von den Bäumen verdeckt wurde. Nur an den Pflanzen, dem Boden und den Gerüchen merkte ich, dass sich die Landschaft veränderte. Der sandige Boden des Küstenkiefernwaldes ging in einen moosigen, von Heidelbeersträuchern bewachsenen Waldboden über. Öfter stolperten wir über herausstehende Steine oder mussten über Felsblöcke steigen. Die Stämme ragten dicht auf, die Kronen bildeten weit oben ein dunkles Dach, in dem der Wind fauchte. Von dem Unwetter war nichts zu spüren, wir wussten nicht, ob es sich verzogen hatte oder in der Nacht doch noch losbrechen würde.

Einmal mussten wir an einem See vorbeigekommen sein, denn die Luft war modrig und feucht. In der Dunkelheit hörten wir manchmal ein heiseres Keuchen, als käme jemand auf und zu. Anfangs erschrak ich und blieb stehen, aber Lena beruhigte uns. Es war nur der Ruf eines Nachtvogels.

Es war mir ein wenig unheimlich. Angst hatte ich

auch, die ganz gewöhnliche Angst vor dem Unbekannten, dem wir entgegenzogen. Dann ein wenig Abenteuerlust, ein wenig Trauer und Nachdenklichkeit, wenn mir Mona einfiel, eine wehmütige Sehnsucht, wenn mir klar wurde, dass ich gerade dabei war, mein ganzes bisheriges Leben hinter mir zu lassen. Ich konnte das Ausmaß dieses Abschieds nicht ermessen. Aber es war auch eine Gewissheit in mir, dass das alles richtig war und hatte so kommen müssen. Vielleicht hatte ich mein Leben lang darauf gewartet, wie Mona auf der Terrasse. Worin aber bestand der Unterschied zwischen ihr und mir? Weshalb war ich hier mitten in der Nacht unterwegs zu einem Jungen, der meinen Namen mit neun anderen genannt hatte, und Mona stand immer noch auf der Terrasse, sehnsüchtig wartend? Weshalb gerade ich? Ich war, wie ich nun erkennen konnte, durchaus nicht die einzige Unzufriedene gewesen. Wie konnte ich so sicher sein, dass nicht alles eine Lüge, ein entsetzlicher Betrug war? Lenas Wiederauftauchen und die Veränderung, die mit ihr vorgegangen war, sprachen dagegen. Andererseits: Konnte ich gerade deshalb Lena trauen? Hatten Mona und Alexia vielleicht nicht doch richtig gehandelt, wenn sie versuchten, den Jungen von uns und unserer Welt fernzuhalten?

Gerne hätte ich mit jemandem geredet. Mit Alice am liebsten, aber die ging voraus mit Lena. Mit Suzette, aber die schien wieder in ihren eigenen Gedanken versunken zu sein. Merkwürdigerweise kam es mir so vor, als stünde die Sache mit dem fehlenden Petroleum zwischen uns, obwohl das lächerlich war. Es war keine

Angelegenheit, wegen der eine von uns sich schuldig fühlen musste.

Was neben all diesen Gedanken und Gefühlen aber vor allem in mir vorging, war eine zunehmende Freude. Ein seltsames Gefühl von Zuneigung, wie ich es sonst nur für meine Schwestern empfunden hatte. Es galt nicht dem Jungen, dessen war ich mir sicher. Wem aber dann? Ich wusste es nicht. Es galt allen und niemandem. Es galt diesen Stunden, es galt dem Unterwegssein, es galt mir selbst und der Erkenntnis, dass ich recht gehabt hatte, mit allem, und es galt den Bäumen, der Nacht, dem leisen Auftreten meiner Sohlen, dem ungreifbaren Geheimnis, in dem wir uns bewegten und das ich noch nie zuvor so deutlich wahrgenommen hatte.

Um uns her war ein Geheimnis. Nichts war selbstverständlich, nichts war bloß, was es war. Das Geheimnis hatte damit zu tun, dass wir nicht die waren, die wir unser Leben lang geglaubt hatten zu sein.

Noch nie hatte ich so einen Gedanken gehabt..

Hatte der Junge etwas damit zu tun? Es gab mir einen freudigen Stich, als ich mich daran erinnerte, dass er nicht bloß ein Hirngespinst war: Ich konnte ihn tatsächlich fragen, vielleicht in wenigen Augenblicken, wir gingen ihm entgegen, und ich würde ihm leibhaftig gegenüberstehen.

Ich klatschte in die Hände vor Freude.

Suzette, die mir mit der Lampe leuchtete, erschrak und schaute mich wütend an.

„Sei doch leise!", zischte sie.

Zuerst schämte ich mich und wollte mich entschuldigen. Doch dann fragte ich: „Warum?"

„Warum was?"

„Warum soll ich leise sein?"

„Damit uns niemand entdeckt, ist doch klar", fuhr sie mich an.

„Wer sollte uns denn entdecken?", fragte ich weiter. „Mona und Alexia sind weit weg. Wir befinden uns mitten im Wald, wer weiß wo. Und außerdem: Warum sollte uns jemand verfolgen? Wir werden dem Jungen begegnen!"

Doch Suzette schüttelte nur missmutig den Kopf und ging weiter.

In der Dunkelheit plätscherte es nun. Der Pfad senkte sich, und das Plätschern kam näher. Bäche gab es in der Gegend viele, das besagte nichts. Der Wasserlauf war schmal, im Schein der Lampen glänzte das Wasser schwarz. Das Ufer war abschüssig, aber leicht zu erklettern. Wir überquerten auf großen Steinen den Bach und kamen auf der anderen Seite an eine Felswand. Ein kühler Lufthauch wehte uns entgegen, dort musste eine Höhle sein. Lena führte uns an der Wand entlang, bis sich ein steiler Einstieg auftat, durch den hindurch wir den Gipfel des Felsens erklettern konnten. Der Aufstieg war beschwerlich, besonders für die, die die Lampen hielten. Wir wechselten uns ab: Suzette stieg hinein, so weit sie konnte, während ich leuchtete. Dann suchte sie sich einen festen Stand und nahm mir das Licht ab.

„Soviel Umstand", brummelte Nasti vor sich hin. Die Reihenfolge hatte sich aufgelöst, während wir in dem Fels nach oben kletterten, sodass ich ihr ganz nahe war. Suzette war einige Meter oberhalb von mir, ich hielt gerade die Lampe. Da nutzte ich die Gelegenheit.

„Nasti", flüsterte ich laut.

„Bist du das, Janine?" fragte sie leise zurück.

„Ja. Nasti", begann ich und wusste nicht so recht, wie ich das Gespräch auf die Auseinandersetzung auf der Farnwiese bringen sollte. Obwohl ich mittlerweile verstand, dass es ihr Misstrauen gegen die großen Schwestern gewesen war, das sie so abweisend und anklagend gegen mich gemacht hatte, gab es zwischen uns doch noch einiges zu klären, fand ich.

„Nasti", sagte ich noch einmal, „ich möchte einen Augenblick mit dir reden."

Nasti blieb gleichmütig stehen und wartete, die Lampe in der Hand.

Ich kletterte den Vorsprung hinauf, auf dem sie stand, und spürte sie plötzlich ganz nahe. Ich roch ihre Haut, den süßlichen Schweiß, ihre feuchten Haare. Was sollte ich sagen?

„Bei dem Fest", begann ich zögernd, „auf der Farnwiese ... "

Nasti hob die Lampe an, so dass sie mir direkt ins Gesicht leuchtete. „Vergiss es", sagte sie nur.

„Das kann ich nicht", erwiderte ich bekümmert. „Ich würde gerne wissen, was aus deinem Misstrauen gegen mich geworden ist."

„Das zählt jetzt nicht mehr, Janine", sagte sie begütigend. „Wir sind unterwegs, um den Jungen zu treffen: Das ist das Wichtigste."

„Wie kommt es zu deinem Sinneswandel?", fragte ich ungeduldig. Nastis beschwichtigende Haltung ärgerte mich. Immerhin hatte sie mich geschlagen und mir ungeheuerliche Dinge vorgeworfen. „Ich denke, du hasst den Jungen?"

Ich hatte einen scharfen Ton angeschlagen, und für einen Moment waren Nastis Zorn und Verachtung wieder da. „Was geht dich das an?" fauchte sie zurück. „Ich habe meine Gründe mitzugehen."

„Es tut mir leid", lenkte ich ein. „Ich will dich nicht verärgern, Nasti. Ich verstehe nur nicht – "

Da verlangte Kim von oben die Lampe, und unsere Unterhaltung war zuende. Ich war noch verwirrter als zuvor. Zwar war ich noch immer froh, nicht mehr allein zu sein, doch ich begann, Zweifel daran zu hegen, dass wir gemeinsam zum selben Ziel unterwegs waren. Wir waren keine eingeschworene Gemeinschaft geworden durch die Ereignisse des Tages, Streitigkeiten waren nicht ausgeräumt, Misstrauen, Verdächtigungen und Ängste dauerten an, wir hatten uns einer Führerin anvertraut, die einsam und unerreichbar in ihrer eigenen Welt blieb, begleitet von einer verrückten Seherin, trugen Lampen, deren Petroleum bald ausgehen würde, und das Einzige, was uns tatsächlich miteinander verband, war, dass der Junge unsere Namen genannt hatte. Mir wurde klar, dass jede die unterschiedlichsten Gründe haben mochte mitzugehen, dass jede sich etwas anderes von der Begegnung mit dem Jungen versprach.

Als wir oben angelangt waren, wies uns Lena an, uns niederzusetzen.

„Hier warten wir", sagte sie einfach.

„Worauf?", kam sofort die Frage.

„Bis es Zeit ist."

„Du meinst, bis der Junge kommt?", hakte Kristina nach.

„Nein. Der Junge wird uns unterwegs treffen, ich weiß nicht wo. Aber wir müssen hier warten, bis es soweit ist."

Die anderen murrten und waren unzufrieden mit der Antwort, das merkte ich. Bevor irgendeine etwas sagen konnte, schaltete sich Alice ein. „Wann weißt du, Lena, dass es soweit ist?"

Im Schein der Lampen konnten wir sehen, dass Lena verwirrt war. Sie schien selbst nicht zu wissen, worauf sie warten sollte.

„Es hat etwas mit dem neuen Tag zu tun", antwortete sie unsicher. „Wenn die Nacht vorüber ist, Mitternacht, denke ich ... "

„Und woher wissen wir, wann Mitternacht ist?", rief Nasti aus dem Hintergrund.

„Auf jeden Fall müssen die Lampen weiterbrennen", beharrte Lena. „Alle fünf."

Das konnte niemand verstehen. Mir tat Lena leid. Sie war zur Führerin geworden weshalb auch immer und wusste doch selbst kaum, was vorging. Ihre Welt musste in Trümmern liegen nach den Erlebnissen der letzten Zeit. Sicher hatte sie das Gefühl, ganz allein zu stehen und niemandem trauen zu können. Wen sollte sie da überzeugen können? Nur die Hoffnung, durch sie den Jungen zu treffen, konnte uns dazu bringen, ihr weiterhin zu folgen.

Als wir alle auf dem Felsplateau saßen, um die Lichtkreise der Lampen herum, dunkle Gestalten mit flackernd erhellten Gesichtern, bemerkte plötzlich Suzette: „Das Petroleum wird nicht reichen."

Wir hatten die Lampendochte so niedrig gedreht, wie es ging. Aber Suzette hatte recht. Bis Mitternacht war es noch lange, wenn mich mein Zeitgefühl nicht täuschte, und bis dahin konnten die Lampen nicht ununterbrochen brennen. Wenn wir nur eine hätten brennen lassen, würde es reichen. Aber Lena bestand darauf, dass alle fünf brannten.

„Was sollen wir tun?", fragte Suzette wieder, in einem merkwürdig gleichgültigen Ton.

Alle sahen Lena an. Die schwieg und hielt den Kopf gesenkt.

Wir hörten den Wind in den Baumwipfeln rauschen. Unten plätscherte der Bach. Manchmal knackte es im Unterholz, und ein Tier entfernte sich mit gezielten Sprüngen. Ich stellte mir vor, dass der Junge irgendwo im Dunkeln stand und uns beobachtete, vielleicht uns prüfte und sehen wollte, wie ernst es uns war.

Da Lena weiter schwieg, gab Suzette selbst die Antwort: „Wir müssen uns trennen."

Ich wurde hellhörig. War das Zufall, dass ausgerechnet Suzette diesen Vorschlag machte, denselben, den sie mir gemacht hatte? Ich hielt es für keine gute Idee, dass unsere Gruppe auseinandergerissen wurde, egal für wie kurze Zeit. Wir mussten zusammenbleiben.

„Warum sollen wir uns trennen?", fragte ich Suzette, und als ich es ausgesprochen hatte, erkannte ich, dass nur ich diese Frage hatte stellen können. Ihre

Antwort schien denn auch nur mir allein zu gelten.

„Weil ich kein Petroleum gefunden habe, werden nicht alle Lampen bis Mitternacht brennen können. Wir müssen uns Petroleum beschaffen, das ist klar. Die einzige Möglichkeit ist das Herrenhaus. Ich bin sicher, diesmal finde ich welches. Dann füllen wir unsere Lampen und kehren hierher zurück. Bis Mitternacht schaffen wir das gut."

Jede hatte bemerkt, dass sie sich selbst schon zu der Gruppe dazurechnete. Sie wollte keinen Zweifel an ihrem Vorschlag aufkommen lassen.

„Was meinst du, Lena?", fragte sie.

Jetzt blickte Lena auf, ihre Augen waren wach und funkelten im Licht. Sie lächelte und sagte leise: „Wer das tun will, soll es tun. Aber am besten gleich."

„Aber du hast doch gesagt, dass wir fünf Lampen haben müssen", warf Kim ein. „Das will der Junge so, hast du gesagt."

Lena nickte und lächelte immer noch. Sie richtete sich auf und seufzte tief, als wäre ihr eine Last von der Seele genommen. „Wenn wir zehn sind, brauchen wir fünf Lampen. Das stimmt. Wenn wir uns aber trennen, gilt das nicht mehr. Denkt ihr", wandte sie sich an Suzette, „dass ihr mit zwei Lampen auskommt?"

„Natürlich."

Und ähnlich wie vorher bei Suzette schien es auch für Lena schon klar zu sein, wer gehen würde und wer nicht.

„Und ihr werdet den Weg finden, ins Herrenhaus?"

Als Suzette nickte, ereiferte sich Nasti: „Woher willst du denn das so sicher wissen? Hast du überhaupt eine Ahnung, wo wir sind?"

„Natürlich hat sie das", antwortete Lena an ihrer Stelle. „Sie weiß, dass wir an dem hohlen Felsen sind, den ich ihr einmal gezeigt habe."

Das erstaunte mich. Ich hatte nicht gewusst, dass Lena und Suzette so vertraut miteinander gewesen waren, dass Lena sie auf einen ihrer Streifzüge mitgenommen hatte. Aber das war im Moment gleichgültig. Was mich viel mehr verwunderte, war, dass Suzette offensichtlich die ganze Zeit gewusst hatte, wohin wir gegangen waren. Sie wusste, wie weit wir vom Herrenhaus entfernt waren, sie schätzte den Weg dorthin längst nicht so weit ein, wie ich es getan hätte, und das hieß doch: Wir waren längst nicht weit genug weg von allem, was ich für immer zurücklassen wollte, um in Sicherheit zu sein. Suzette hatte also recht gehabt mit ihrer Vorsicht.

Sie erhob sich, nahm zwei der Lampen aus der Mitte und fragte: „Wer kommt mit?"

Lange Zeit blieb es still. Obwohl es scheinbar nur um eine sachliche Notwendigkeit ging, die an unserem Warten sowieso nichts änderte, hatte ich den Eindruck, dass jede einzelne ihre Gründe noch einmal überprüfte, um herauszufinden, ob sie wirklich bereit war weiterzugehen. Für mich kam ein Zurückgehen nicht in Frage. Für Lena natürlich auch nicht, und Alice rührte sich nicht. Sie hatte sich abgewandt und schaute in den dunklen Saal des Waldes hinein, als ginge sie das alles nichts an.

„Vier sollten noch mitgehen", sagte Suzette, „aber ich dränge niemanden. Zur Not schaffe ich es auch allein. Hauptsache, wir haben Petroleum."

„Nein", sagte Lena plötzlich bestimmt. „Für jede Lampe müssen zwei gehen. Wir brauchen das Petroleum."

„Wir füllen so viel Petroleum aus den zwei Lampen, die wir mitnehmen werden, in eure um, dass es für euch reicht, bis wir zurückkommen. Wir brauchen ja nur so viel Petroleum, bis wir im Herrenhaus sind."

„Ich weiß", erwiderte Lena. „Tut das."

Suzette schraubte von allen Lampen den Deckel des Behälters ab und begann, das Petroleum umzugießen. Es war ein beklemmender Geruch, mitten im Wald.

„Ich begleite dich", meldete sich unversehens Kristina.

Keine schaute sie an. Vielleicht rang jede mit sich selbst. Um Kristina tat es mir nicht leid. Ich traute ihr so wenig wie früher, ich konnte mir gut vorstellen, weshalb sie den Jungen treffen wollte, sie hatte mir ja ihre Vorstellung davon verraten. Ich merkte, dass ich sie nicht dabeihaben wollte, wenn ich dem Jungen begegnete. Andererseits hatte der Junge sie genauso beim Namen genannt wie mich. Der Junge wollte sie nicht weniger treffen als mich.

„Ich komme auch mit", meldete sich Tess.

Ich glaubte zu bemerken, wie Nasti zusammenzuckte. Sie stand auf wie die anderen. „Ich auch."

Da stand nun auch Claire auf und verkündete: „Ich muss mit. Es gibt im Herrenhaus noch etwas zu erledigen."

Sie hielt Anja an der Hand und wartete, bis auch sie sich erhob.

„Ich gehe mit Claire", sagte Anja.

Sie schauten einander an in stillschweigendem Einverständnis. Nun waren es plötzlich sechs, die gehen wollten. Nur Lena, Alice, Kim und ich waren übrig. Dann bräuchten wir nur zwei Lampen und könnten ihnen drei mitgeben.

Nasti zögerte. Sie versuchte, Tess' Blick aufzufangen, aber Tess half schon Suzette beim Umfüllen. Nasti wusste, dass sie die Letzte war, diejenige in der Mitte der Waage, die sie zur einen oder zur anderen Seite neigte. Sie kämpfte mit sich, das sah ich deutlich. Gerne hätte ich sie jetzt im Vertrauen gefragt, was sie sich von der Begegnung mit dem Jungen erhoffte, was in der Beziehung zwischen ihr und Tess geschehen war, ob sie auch spürte, dass hier eine schwerwiegendere Entscheidung zu treffen war als nur die, Petroleumnachschub zu holen.

„Du kannst auch noch mitgehen, Nasti", sagte Suzette freundlich, „wenn du willst."

„Seltsam", hörte ich mich plötzlich sagen, „dass der Junge manches zwischen uns zertrennt und anderes wieder verbindet."

Nasti schaute mich entgeistert an, Tränen schossen ihr in die Augen, ich litt mit ihr und wusste nicht, wieso ich das gesagt hatte. Nasti drehte sich weg und wischte sich heimlich die Augen, während die anderen mit dem Umfüllen fertig wurden und die beiden Lampen nahmen.

„Wir sind soweit", verkündete Suzette.

„In einer Stunde sind wir wieder zurück", meinte Claire.

„Und wenn der Junge in der Zwischenzeit kommt", scherzte Kristina, „dann sagt ihm, dass wir noch etwas besorgen gegangen sind."

Ich erschrak über die Leichtfertigkeit und Überheblichkeit, die in dieser Bemerkung lagen.

Während sie durch den Spalt wieder abwärts stiegen und wir den Schein der Lampen an den Felswänden wanken sehen konnten, wandte Alice sich zu uns her und sagte unvermittelt:

„Er kann Schreckliches anrichten im Herrenhaus. Vielleicht hätten wir sie nicht gehen lassen sollen."

Nasti schniefte vor sich hin.

„Ich habe Angst", sagte sie. „Ich wäre so gerne umgekehrt, ich will den Jungen nicht treffen. Aber ich kann nicht anders. Ich muss einfach. Versteht ihr das?", fragte sie und schaute uns unter nassen Wimpern hervor an.

„Wir müssen es alle tun", tröstete Lena. „Schön, wenn wir uns darauf freuen können." Nun lächelte sie wieder, glücklich und befreit.

Ich schaute auf den Lampenschein, der sich dort unten ins Dunkel entfernte, und dachte an Suzette. Obwohl sie mir seit unserem Besuch im Herrenhaus fremder als je geworden war, hatte ich sie doch gern gehabt. Es tat mir weh, dass sie den Vorschlag gemacht hatte, es tat mir weh, dass ich sie nie wieder sehen würde. Denn das wusste ich jetzt.

„Nun haben die Lampen ihren Zweck erfüllt", sagte Lena leise. Außer mir schien es niemand gehört zu haben.

„Was sagst du?"

„Zehn Namen wurden genannt, fünf werden ankommen."

„Was meinst du damit?", fragte ich beunruhigt, aber imgrunde wusste ich es bereits. Ich war zu demselben Schluss gekommen. Doch statt traurig machte es mich nur unsäglich müde.

Die Nacht zog sich lang hin. Irgendwann musste ich eingenickt sein, denn als ich wieder den Kopf hob, glommen die Dochte der Lampen nur noch trüb. Neben mir schlief Nasti, die Arme um die angezogenen Beine geschlungen. Lena und Alice saßen außerhalb des Lampenscheins, zwei reglose Schatten. Kim sah ich nicht.

„Die Lampen gehen aus", sagte ich müde und streckte mich. „Wie spät ist es?"

„Sicher weit nach Mitternacht", antwortete Kim irgendwo hinter mir. Ich drehte mich um, sah sie aber nicht.

„Wonach hältst du Ausschau?", fragte ich sie.

„Wenn ich das wüsste."

Dann ging alles sehr schnell. Am Rand des Lampenscheins erhoben sich Lena und Alice, ein sachter Wind raschelte in den Kronen, eine Gänsehaut kroch mir den Rücken hinab, und im schwachen Schein sah ich, wie sich die Haare auf meinen Armen aufstellten. Nasti fuhr auf und schaute verwirrt um sich. Die Lampen schaukelten in Lenas und Alices Händen, Schatten tanzten an den Stämmen.

„Wir müssen los", keuchte Nasti und sprang auf, griff sich die dritte Lampe. „Es ist soweit!"

Plötzlich war Kim neben mir. „Ja, es ist soweit",

sagte sie.

Die beiden waren mit den Lampen schon auf dem Weg von dem Felsen herunter. Dann spürte auch ich es: eine Unruhe, ein Drang zu fliehen. Weg von hier. Für Stunden war diese Stelle unser Ruheplatz gewesen, ein fester Ort in der Nacht, doch nun wurde er unsicher. Wir mussten ihn so schnell wie möglich verlassen. Weil ich geschlafen hatte, war mein Zeitgefühl durcheinander. Es schien eine andere Nacht zu sein als die, in der wir vom Strand aufgebrochen waren, es war aber nicht Morgen geworden und es würde vielleicht nie wieder Morgen werden. Die Trennung von den fünfen und ihr Rückweg zum Herrenhaus lag weit zurück; keiner von uns kam in den Sinn, auf sie zu warten. Die Stunde, die sie brauchen wollten, war vorüber. Kurz überlegte ich, warum sie wohl nicht gekommen waren, aber eigentlich war das voraussehbar gewesen. Suzettes merkwürdiges Verhalten, nachdem sie im Westflügel die Lampen geholt hatte, erklärte sich nun. Vermutlich war sie Mona oder Alexia begegnet und hatte ihnen alles erzählt. Unter Zwang? Aus Verbitterung, weil nicht sie allein berufen war, dem Jungen zu folgen? Vielleicht wusste sie es selbst nicht. Eines war offensichtlich: Sie hatte uns verraten. Und damit auch den Jungen. Es ging nur noch um uns fünf, die Übriggebliebenen.

Ringsum erwachte die Dunkelheit. Als wäre mit uns die ganze Nacht in Bewegung geraten. Kaum konnte ich Lena und Alice folgen, Nasti rannte mit dem vergehenden Licht hinter ihnen her, bald würde ich selbst nichts mehr sehen und den Anschluss verlieren, und doch hatten wir alle nur noch den einen Gedanken: fort, bevor die Lampen erloschen.

Wohin? Wahrscheinlich wusste es nicht einmal Lena.

Der Mond stand hoch am Himmel.

Ich sah ihn zwischen den Baumkronen hindurchschimmern und bemerkte zugleich, dass wir auf eine Lichtung hinausstürzten. Ein bleicher Kreis, umstanden von schweigenden Mauern. Panisch drehte sich Nasti um sich selbst, als wären wir umzingelt. Lena und Alice standen plötzlich still, und unsere Flucht endete im Nichts. Gerade noch konnten wir uns zu einer Gruppe sammeln, mitten im bleichen Mondlicht. Dann erloschen die Lampen.

Einige Augenblicke war es beängstigend still. Ein dünner, jammernder Laut drang von fern heran, wie ein Nachtvogel. Dann erkannte ich, dass es Lena war, die klagte. Sie sank in die Knie und barg das Gesicht in den Händen. Ihr Körper schüttelte sich vor Schluchzen. „Wir sind zu spät", sagte Alice düster.

Doch da steht er plötzlich mitten unter uns.

Wir fahren auseinander wie eine Herde Schafe, zu Tode erschrocken, kopflos werfen wir uns in die Dunkelheit. Keine von uns sieht ihn an. Aber wir wissen, dass er es ist.

Ich höre, wie er tröstliche Laute ausstößt, als wollte er ein Tier beruhigen. Ich liege zitternd im Gras und hebe vorsichtig den Kopf, ich sehe, wie er sich über Lena beugt und ihr mit der Hand die Tränen abwischt. Ihre Silhouetten verschmelzen miteinander. Das ist eines der Bilder, die mir von dieser Nacht im Gedächtnis bleiben. Sonst weiß ich nicht viel, nur einzelne Szenen, und den Zusammenhang zwischen ihnen muss ich heute immer aufs Neue herstellen. Damals verstehe ich nicht, was geschieht.

Ich entdecke eine weitere Gestalt, die sich den beiden nähert. Das muss Alice sein. Auch sie kniet nieder, und er berührt ihr Gesicht. Nasti höre ich weinen. Sie schreit beinah. Sind denn jetzt alle verrückt geworden?, denke ich. Gerne würde ich glauben, dass wir ja nur auf einer Nachtwanderung sind, fünf Schwestern, Freundinnen, doch es ist wie ein Traum, aus dem ich nicht freikomme. Dann wird es auf der Lichtung hell, eine Helle, durchdrungen von beklommenem Schweigen. Kein Vogel zwitschert, kein Baum rauscht, keine Sonne rötet sich am Horizont. Und doch wird es hell wie am Tag, ein Tag, in dem die Dinge sich auflösen und wir aus unseren Verstecken kommen müssen.

Immer noch wie im Traum, spüre ich im Liegen etwas Feuchtes an meinem Unterschenkel. Unwillkürlich fasse ich dorthin und erschrecke. Zwischen meinen Schenkel rinnt es. Ich wische darüber, die Flüssigkeit haftet an meiner Hand, warm und klebrig, Tropfen laufen mir übers Knie, als ich mich aufrichte, ich wische und wische und werde immer verzweifelter. Ich reiße ein Stück Stoff aus meinem Rock und stopfe es mir zwischen die Beine, klemme es mit den Schenkeln fest, doch das Gefühl des Rinnens hört nicht auf. Ich bekomme Angst zu verbluten, auszulaufen wie ein Gefäß. Und dabei flenne ich leise vor mich hin und schluchze: „Warum hört denn das nicht auf? Das muss doch aufhören!" Zu gleicher Zeit bemerke ich im Augenwinkel, wie der Junge sich mir nähert. Ich will ihn nicht sehen, denn ich weiß, was geschehen wird, wenn ich ihn anschaue. Zu gleicher Zeit auch sitze ich ruhig in meinem eigenen Kopf, schaue mir selbst zu wie einem kleinen Kind und begreife auf einmal alles. Ich begreife, weshalb ich so verzweifelt bin, weshalb ich blute, endlich blute wie alle anderen, weshalb wir hierherkommen mussten. Ich vergrabe den Kopf in meinen Armen und warte, zitternd und weinend, ich muss lachen ohne Grund, während ich warte, dass er vor mir stehenbleibt. Ich blute und kann ihn nicht ansehen. Ich bin nicht schön. Nein, ich bin niemals schön gewesen. Mit dem Warten auf die Berührung seiner Hand, auf den einen Moment, der mich vernichten oder auch erlösen wird, wache ich auf.

Es war früher Morgen.

Die Sonne stieg über den Wald und wärmte. Das Gras, feucht vom Tau, duftete nach Kräutern. Hummeln flogen von Blüte zu Blüte, ein Vogel sang sein Lied im Wald, überlaut wie in einem großen Saal. Unter mir war das Gras zerdrückt, ich musste lange gelegen haben. Neben mir lagen Nasti und Lena. Kim trat gerade unter den Bäumen hervor und trug Zweige unter dem Arm. Alice griff mir ins Haar und ziepte Blätter heraus.

„Gut geschlafen?" fragte sie.

Ich nickte und schaute mich um. „Es ist Morgen", stellte ich verwundert fest.

Kim ging zu einer Stelle, an der Steine zu einem

Ring zusammengelegt waren. „Heute ... heute Nacht ... war das ... ?", fing ich an.

„Ja", antwortete Alice. „Er war da."

Ich erinnerte mich wirr an die Geschehnisse der Nacht, so wirr wie mein ganzes weiteres Leben lang, und hielt es für besser, diese Erinnerungen für mich zu behalten. Vermutlich hatte sowieso jede von uns es anders erlebt.

Kim machte die Zweige klein und schichtete sie in der Feuerstelle auf.

„Bleiben wir länger hier?", fragte ich Alice.

Sie stand auf und ging, um Kim zu helfen. „Ich weiß nicht", erwiderte sie, ohne sich umzudrehen.

„Hallo, Janine!", rief Kim vergnügt herüber.

„Gibt's jetzt Tee, oder was?", fragte ich unwirsch.

Mir schien die Szenerie überhaupt nicht zusammenzupassen damit, dass wir dem Jungen begegnet waren. Unwillkürlich griff ich mir zwischen die Schenkel und spürte den klebrigen Film, den das Blut hinterlassen hatte. Ich kratzte die Krusten weg, doch das Bluten schien aufgehört zu haben. Mein Rock war zerrissen, ein blutdurchtränktes, starrgewordenes Stoffstück klebte mir am Innenschenkel.

„Worauf warten wir denn", nörgelte ich, „dass wir uns sogar Tee kochen müssen?" Und als ich an der Feuerstelle stand, über der Kim gebeugt kauerte und Zündhölzer anriss, meinte ich: „Ist das nicht zu gefährlich? Wegen dem Rauch und so?"

„Der Junge hat gesagt, dass er am Morgen wieder hier sein wird. Wir sollen warten, bis er kommt."

Ich schüttelte nur den Kopf und schaute Alice nicht

in die Augen. Anscheinend waren Alice und Lena tatsächlich diejenigen, die in alles eingeweiht wurden, und ich konnte sehen, dass ich hinterherkam mit allem.

„Habt ihr Hunger?", fragte ich Kim.

„Mächtig", antwortete sie vornübergebeugt. Dann schlängelte sich ein Rauchfaden zwischen dem Genist der Zweige empor. „Geschafft!", rief sie und lehnte sich zurück.

Alice stellte einen Topf mit Wasser darauf. „Wecke Lena, damit sie uns die Blätter für den Tee zeigen kann", wies Alice Kim an.

„Woher habt ihr den Topf?" Ich kam aus dem Staunen nicht mehr heraus. Wir saßen hier in der Morgensonne auf einer unbekannten Lichtung, hatten in einer nächtlichen Flucht unser vertrautes Leben hinter uns gelassen, hatten fünf unserer Freundinnen verloren und alptraumhafte Dinge erlebt, und das hier nahm sich aus wie ein unbeschwertes Picknick auf einem Ausflug.

„Wir sollen ein Fest vorbereiten", erwiderte Alice und zuckte die Schultern. „Viel haben wir ja nicht, aber er hat uns einiges dagelassen." Sie deutete auf einen Beutel, der neben einem Wacholder stand. „Mehl, Wasser, Kerzen, Zündhölzer ... "

Wir durchkämmten auf Lenas Anordnung hin die Dornbüsche am Rand der Lichtung und pflückten Himbeerblätter und Minze. Nasti sammelte die kleinen Walderdbeeren von den nickenden Stängeln, und Kim machte aus dem Mehl und dem Wasser einen Teig, den sie auf einem Stein knetete und zu runden Fladen formte. Wir scherzten und lachten, als wäre nie etwas geschehen. Manchmal verhielt ich mitten in der Bewegung und horchte, hörte unsere Stimmen und die Hummeln und das leise Wispern des Waldes, ich hatte das Gefühl, als könnte uns niemals mehr irgendjemand ein Leid antun. Wir waren unbekümmert wie lange nicht mehr, wie damals bei unseren Promenaden, und wir fühlten uns wie eine kleine, unzertrennliche Familie.

Kim knetete Wacholderbeeren, wilden Majoran und Thymian in den Teig und legte die beiden Fladen auf zwei Steine neben das Feuer. Die Flammen waren durchsichtig im Morgenlicht und fast rauchlos. Als das Wasser im Topf kochte, streute Lena die gesammelten Blätter hinein und nahm den Topf aus dem Feuer.

„Wenn Claire jetzt hier wäre, würde sie wieder von Brauthimmel reden", sagte sie leichthin, und obwohl wir alle wussten, worauf sie anspielte, und wir uns alle an die letzte Nacht erinnerten, erschraken wir nicht. Was geschehen war, war geschehen. Wir konnten nichts daran ändern. Wir waren hier, hatten die Nacht durchquert wie einen Fluss, es gab keinen Weg zurück.

„Sagte sie nicht etwas von einem Bräutigam", fragte Nasti, „gestern am Strand?"

„Gestern", wiederholte Alice lächelnd und nickte. „Das ist lang her, was?"

„Dann sind wir die Bräute", lachte ich und klatschte in die Hände. „Fünf Bräute unterm strahlenden Brauthimmel."

„Siehst du", sagte Alice, „deshalb feiern wir."

Wir dachten an nichts, schauten den Broten zu, wie sie grau wurden und dann eine Kruste bekamen, schlürften den fruchtigen, erfrischenden Tee, zerdrückten die Erdbeeren einzeln auf der Zunge und schmeckten die bittere, überreife Süße. Als wir alle so saßen, sah ich die Spuren des getrockneten Blutes auch bei Nasti und Kim. Wir alle bluteten. Auch manche von unseren Schwestern im Herrenhaus bluteten, weil sie dem Jungen begegnet waren. Doch nur wir fünf saßen hier auf der Lichtung und feierten, ließen es uns schmecken und waren völlig ohne Sorgen.

Einige Zeit später kam der Junge zurück. Er trat ans Feuer heran und grüßte, und zum erstenmal sah ich ihn richtig. Anfangs getraute ich mich nicht, den Kopf zu heben, auch die anderen waren befangen, doch dann sah ich seine Hände, wie sie Holz ins Feuer legten, und wagte es.

Ja, er war tatsächlich schön. Schön, wie ich noch nie einen Menschen gesehen hatte. Der Anblick tat mir im Herzen weh, seine Hände, die ich am liebsten genommen und an meine Wangen gedrückt hätte, seine Augen, in die ich eintauchen wollte wie in Quellen klaren Wassers. Es tat weh, und zugleich machte es mich unbeschreiblich froh. Früher, dachte ich, noch letzte Nacht, hätte mich der Anblick seiner Schönheit verletzt und verbittert. Ich wäre davongelaufen, mit geballten Fäusten, voller Wut auf mich selbst und mein vergeudetes Leben. Doch an diesem Morgen wusste ich, dass alles gut war.

Wir glaubten, er würde mit uns feiern. Jetzt, da er endlich da war, hatten wir ja allen Grund dazu. Es fehlte nichts mehr, alles war vollkommen. Aber er trank nur einen Becher Tee, nahm als Erster einen der fertig gebackenen Fladen und teilte uns davon aus. Wir kauten schweigend und warteten auf eine Erklärung. Schließlich sagte er, er müsse nun zum Herrenhaus gehen. Erst wenn er dort gewesen sei, könnten wir mit ihm gehen. Wohin? In eine neue Welt. Ein völlig neues Leben. Traurig, dass Suzette das nicht hatte miterleben wollen.

„Sie haben uns verraten", sagte ich auf einmal zu ihm. Ich wollte ihm alles erklären, wollte, dass er verstand. Aber er schien schon alles zu wissen.

„Sie haben gestern Nacht nach uns gesucht", sagte Lena, „dort, auf dem Felsen."

„Vielleicht sind sie unterwegs, um dich abzufangen", sagte Nasti besorgt.

„Oder vielleicht wartens ie im Herrenhaus und haben dir eine Falle gestellt", ergänzte ich.

„Ich weiß", sagte der Junge. „Es ist alles so, wie es sein soll."

Wir nickten stumm. Wir wussten, dass er stark war. Er war kein kleiner Junge, der schüchtern unter eine Horde von Mädchen trat. Er war kein Junge, den Mona und Alexia davonjagen oder einsperren konnten. Er war auch kein umherstreifender Heimatloser, der um Aufnahme bitten würde. Im Gegenteil. Er würde kommen und seine Ansprüche einfordern. Wir schwiegen bekümmert, er legte jeder von uns die Hand auf die Schulter und schärfte uns ein zu warten. Egal, was passieren sollte, egal, was wir dächten oder befürchteten: Er würde auf jeden Fall zu uns zurückkommen und uns holen. Das versprach er.

Wir sahen ihm nach. Die fröhliche Stimmung war

verschwunden. Das Feuer verglühte zu Asche, der Tee war ausgetrunken, die Sonne stand hoch am Himmel und brannte. Wir zogen uns in den Schatten des Waldrandes zurück und unterhielten uns halblaut darüber, was wohl jetzt im Herrenhaus geschah. Waren die anderen überhaupt dort? Vielleicht waren sie vor dem Jungen geflohen. Andererseits erschien es undenkbar, dass Mona und Alexia vor irgendwem fliehen sollten. Was würde der Junge tun? Keine von uns zweifelte daran, dass er alles tun konnte, was er wollte und für richtig hielt. Wir hatten selbst die Ruhe und die Sicherheit gespürt, die der Junge mit jeder Bewegung und jedem Wort ausstrahlte. Er besaß eine Befehlsgewalt, der keine von uns sich entziehen konnte. Wir zweifelten nicht daran, dass auch die anderen ihm nichts entgegensetzen konnten.

Wir versuchten uns gemeinsam zu erinnern, welchen Weg wir gestern Nacht von dem Felsen aus genommen hatten, und mithilfe des Sonnenstandes bestimmten wir dann die Richtung, in der das Herrenhaus liegen musste. Wir wussten nicht, warum wir das taten. Erst als es Nachmittag wurde und die Sonne sich nach Westen neigte, fühlten wir die Unruhe in uns. Die Angst kroch an uns hoch und setzte sich in der Kehle fest, beklommen blickten wir immer wieder zu der Stelle hin, an der er im Wald verschwunden war.

Schließlich ahnten wir, dass etwas geschehen sein musste. Auch wenn das Herrenhaus und die Geschwister und Mona und Alexia endgültig zur Vergangenheit gehörten, auch wenn wir keinen Grund hatten, mit freundlichen Gefühlen an sie zu denken, so waren es doch die Einzigen, die wir je gekannt hatten. Sie waren uns vertraut, keine von uns wünschte ihnen etwas Schlechtes.

Irgendwann schreckte Alice hoch.

„Da!", rief sie, und wir zuckten zusammen. Doch sie deutete nirgends hin. Sie hielt den Blick abwesend in die Ferne gerichtet. Das kannten wir von Claire her.

„Es passiert!", rief sie und verstummte plötzlich, als könnte sie nicht weitersprechen.

Lena begann leise zu schluchzen, wir schauten sie erschrocken an, sahen, dass ihre Augen völlig trocken blieben und sich ihr Gesicht vor Schmerz verzerrte.

„Ja", stieß sie hervor. „Ja. Es geschieht. Um Himmels willen!", flüsterte sie mit weit aufgerissenen Augen. „Um Himmels willen!"

Und wie im Traum sehe ich mich aufstehen und die Hand nach Lena ausstrecken. Sie begreift sofort, nimmt sie und steht auf. Wir gehen jetzt nachschauen, sage ich tröstend zu ihr. Aber wir sollen doch warten, wendet Kim ein. Warten, bis er zurückkommt. Er hat es versprochen. Und sein Versprechen gilt, das wissen wir alle. Aber ich muss gehen und nachsehen. Ich muss ins Herrenhaus, um zu wissen, was sich dort abspielt. Alles ist neu und anders geworden, und vielleicht auch will ich das Alte zerfallen, niederbrennen, untergehen sehen. Vielleicht muss ich dabei sein, wenn auf den Gesichtern von Mona und Alexia Erkenntnis aufleuchten wird wie die Flamme eines Scheiterhaufens. Vielleicht muss ich den Jungen sehen, dort im Herrenhaus, in den Räumen, unter all den Schwestern, um endgültig zu begreifen, dass das Neue unwiderruflich ist.

Und Lena weiß, dass sie noch einmal hingehen muss. Der Schmerz der Erlebnisse, den sie allein kennt, zieht sie dorthin.

Wir überqueren ein Kornfeld. Die Ähren sind noch grün, die Körner saftig. Lena rupft selbstvergessen. Schmetterlinge umflattern uns in der Wiese, unsere Tritte jagen Grillen auf zu hohen Sprüngen, zwischen meinen Zehen klemmen Büschel von Grassamen. Ein Kuckuck ruft über dem Wald. Wir haben beide Angst, wir zeigen es nicht. Wir kennen die Richtung nur ungefähr, stehen auf einmal am Rand eines Wäldchens vor einem großen Park. Im Schatten eines der Bäume, die verstreut stehen, hängt eine Schaukel am Ast. Wir wenden uns nach rechts, durchqueren den Waldstreifen und treten unvermutet auf die Wiese hinter dem Herrenhaus hinaus. Das Haus liegt verlassen da, offene Fensterflügel, im Wind bauschen sich Gardinen. Kein Laut ist zu hören.

Lena kichert leise vor sich hin. Sie zeigt auf ein winziges Fenster unten im Kellergeschoss. Dort, sagt sie. Dort gibt es eine Tür, Janine, du kannst es dir nicht vorstellen ...

Von dem Jungen ist nichts zu sehen. Haben wir Feuer erwartet? Unsere Schwestern auf der Flucht, mit aufgelösten Haaren? Mona auf der Terrasse, immer noch reglos wartend auf das, was längst eingetroffen ist?

Eine Weile bleiben wir ins Gebüsch geduckt und horchen. Auf leise Schritte, auf heimliches Flüstern.

Nichts. Schließlich nehme ich Lena bei der Hand und husche mit ihr übers Gras bis zur Hauswand. Dort drücken wir uns in den Schatten und hören unseren Herzschlag dröhnen. Lena bleibt vor dem winzigen Fenster stehen, geht in die Hocke, um hineinzublicken. Ich lasse sie. Sie hat ihre eigenen Rätsel zu lösen. Vorsichtig spähe ich um die Ecke. Als niemand auftaucht, schleiche ich mich bis zur nächsten Hausecke und warte wieder. Mir ist, als verginge keine Zeit. Der Augenblick mit Lena im Gebüsch ist derselbe wie der Augenblick, da wir an die Wand gedrückt stehen, derselbe wie das Knarren der Tür, der Geruch nach altem Holz und Stein im Treppenhaus. Es sind alles Bilder, zeitlos festgehalten in einem Gedächtnis, das nicht meines ist. Sonst könnte ich sie hervorholen und betrachten. Aber sie sind mir unverfügbar und fremd wie in umgekehrtem Feldstecher.

Im Innern regt sich nichts. Warum, weiß ich nicht, aber ich taste mich die Treppen empor bis zum ersten Stock. Der Flur liegt dämmrig mit weißen Schächten aus Licht, das durch offene Zimmertüren fällt. Da ist unser Zimmer, Alices und meines. Nichts hat sich verändert. Nur unbewohnt ist alles geworden, Sessel, Wasserkrug, das Bett, die Gazevorhänge, die Topfpflanzen, alles Kulisse für ein Theaterstück. Wer wohnt hier?

Unten im Gang des Treppenhauses, der zum anderen Flügel hinüberführt, trete ich in etwas Nasses. Fast rutsche ich aus. Auch die Wände sind bespritzt, in trägen Bahnen hat es Zeichen an die Wand gemalt, bevor der Kalk es aufsog. Die Tür am anderen Ende steht offen. Im Licht tanzen Fliegen. Ich stehe vor der Tür zum Tanzsaal, dessen hohe Fenster von außen her nicht einzusehen sind. Ich horche. Dielen ächzen leise, ein Wispern und Trippeln wie von heimlichem Getier, eine gedrängte Stille dort drin. Wie ein riesiges Ameisennest. Ich weiche vor der Tür zurück, mich überläuft es kalt. Rückwärts gehe ich zur Tür und stolpere ins Freie, die Wärme der Sonne und die süße Luft sind wie ein Rausch. Irgendetwas ist geschehen. Alice weiß es, dort auf der Lichtung, und Lena weiß es auch.

Die Fliegen schwirren mir um den Kopf, ich schlage nach ihnen. Dabei treffe ich den offenen Türflügel, er bewegt sich in den Angeln, sein Schatten auf dem Gras schrägt sich und zeigt plötzlich eine Ausbuchtung. Eine Gestalt. Eine leblose Puppe ...

Ich weiß nicht, ob ich schreie. Ich weiß nicht, ob ich stürze und am Türflügel vorbei ins Gras falle. Ich weiß nicht, ob ich stehe und starr vor Entsetzen anschaue, was dort an der Tür hängt. Wie lange ich hinsehen muss, bis das Haus und die Sonnenwärme und der Frieden des Nachmittags mich abstoßen vor Ekel.

An der Türe hängt ein Mensch. Festgenagelt an Händen und Füßen. Den Leib beschmiert mit verkrustetem Blut. Den Kopf seitwärts geneigt, in den leeren Augenhöhlen schwärmen die Fliegen.

Hunderte von Stichen und Schnitten zerfurchen Brust, Arme und Schenkel. Jede hat ihre kleine Klinge in ihn gebohrt, eine Schere, ein Küchenmesser, einen Spieß. Mädchenfinger malten in dem austretenden Blut, wirre Zeichen und Botschaften, mit denen geschmückt er hängen soll im leuchtenden Nachmittag und von ihrem Hass künden.

Ich kann es mir nicht vorstellen. Ich sehe alle ihre Gesichter vor mir, nenne ihre Namen, versuche, mir die Wut und die Grausamkeit in ihren Augen vorzustellen, das Schreien und Lachen, das Herumhüpfen und den leiernden Spottgesang. Ich kann es mir bis heute nicht vorstellen, und doch weiß ich, den Anblick des angenagelten Jungen vor mir, was geschehen ist.

Das Bild hat keine Dauer. Irgendwann schiebt sich ein anderes darüber: das von Alexia, die in der Türöffnung erscheint, der hinter ihr herausdrängenden Schwestern, ihres zufriedenen Lächelns, das Gesicht von Claire, verzückt von irgendeiner Vision, bemalt mit Kreisen und Strichen aus Blut, doch die angenagelte Gestalt schimmert durch alle hindurch und brennt sich für immer in die Sekunden dieses Nachmittags ein.

Ich sehe mich weglaufen, mein fliegendes Haar wie das eines Pferdes, meine nackten Füße stampfend im Gras, dann im Laub des Waldes, dann auf dem schreienden Schotter eines Weges, als wäre jeder Schritt ein gewonnener Preis. Sie folgen mir nicht, als ich mich einmal umdrehe, aber ich laufe weiter.

Natürlich finde ich die Lichtung nicht wieder. Ich weiß nicht mehr, wo ich bin, laufe durch eine Landschaft, die ich nie zuvor gesehen habe, weiß, dass das nicht sein kann, aber es ist so.

Im Gebüsch kauere ich mich nieder, um Atem zu schöpfen. Eicheln und Bucheckern stopfe ich mir in den Mund, ohne sie zu schälen, spucke die harten Stücke wieder aus. Nachts klettere ich auf einen Baum oder vergrabe mich unter Laub und Moos. Kaltes Bachwasser, seidiger Schlickgrund, Wasserläufer darauf. Die Sonne geht auf und nimmt den Tau, sie sinkt hinter Hügel und Wälder und macht die Welt rot.

Lena sehe ich manchmal, wie sie umringt wird von den Mädchen, wie Hände ihr ins Gesicht greifen, weil sie keine Haare mehr hat, um daran zu ziehen, wie der Stoff ihres Kleides reißt, wie sie stumm steht und sie alle willfahren lässt und ich Angst habe, dass es das ist, wofür sie zurückgekommen ist.

Nach ungezählten Tagen und Nächten treffe ich die ersten Menschen, sie nehmen mich auf und sorgen für mich. Sie fragen, aber ich kann nichts sagen. Wenn ich in die Ferne deuten würde, dorthin, von woher ich komme – ich könnte nicht erklären, was dort liegt.

Denn die Welt meiner Schwestern gibt es nicht mehr.

Heute lebe ich in einer Stadt unter vielen Menschen. Sie werden geboren, arbeiten und sterben. Ich weiß, dass auch ich einmal sterben werde. Davon wusste ich damals, in der Welt meiner Schwestern, nichts. Manchmal erwache ich morgens und meine, im Herrenhaus in meinem Zimmer zu liegen, draußen singen die Vögel, der Wind weht leise herein. Wenn ich daran zurückdenke, kommt es mir vor wie ein böser Traum. Es war keine Welt ohne Disteln und Dornen. Es war eine furchtbare Lüge.

Was ich von den Ereignissen damals mitgenommen habe, sind zwei Dinge: der Schmerz und das Gefühl der Scham. Der Schmerz, den ich bei der Begegnung mit dem Jungen empfand, der Schmerz über eine Schönheit und Reinheit, die es gar nicht geben dürfte. Erst später habe ich erkannt, dass es dieser Schmerz war, den ich damals fühlte, als mir Suzettes Nähe auf meinem Schoß so zuwider war. Ich spürte die ganze niederträchtige Täuschung darin, die schreckliche Verfehlung meines Lebens und des Lebens von uns allen. Und ich fühlte, dass Suzette die Lüge liebgewonnen hatte, dass sie sich in sie hineinspann immer tiefer und mit Wollust. Der Schmerz ist geblieben, heute bin ich empfindlich dafür. Er warnt mich verlässlich.

Das Gefühl der Scham, das ich damals zum ersten Mal empfand, ist mir heute vertraut. Es bedeutet immer noch Erschrecken und Erleichterung gleichermaßen. Manchmal drückt es mich nieder und ich will es nicht wahrhaben. Wenn ich es aber erkenne, und das immer noch in Momenten der Andacht, in einem tiefen Erstaunen, dann befreit es mich von allem, ich weiß nicht wie. Vielleicht gehören beide zusammen. Aber ich finde Frieden darin. Frieden von der Erinnerung. Frieden von der Ungewissheit. Frieden für das, was kommt.

Was aus den anderen geworden ist, weiß ich nicht. Von Alice, Nasti und Kim habe ich nie wieder etwas gehört. Ich hoffe, sie haben die Lichtung verlassen und sind, wie ich, geflohen. Haben wie ich den Weg in die andere Welt gefunden. Haben sich damit abgefunden, dass Dornen und Disteln dazugehören. Auch was mit Lena geschehen ist, kann ich nicht sagen. Möglich, dass sie auch sie geschlachtet haben. Zurückgekehrt zu ihnen ist sie auf keinen Fall.

Die Welt meiner Schwestern gibt es nicht mehr. Selbst wenn ich den Weg dahin suchen würde, ich würde ihn nicht finden. Vergeblich versuche ich mir vorzustellen, wo Mona und Alexia und die anderen nun sind. Ob alles in Feuer und Asche gesunken ist oder ob es noch irgendwo, in einem entlegenen Winkel der Welt, existiert: das Herrenhaus, der Strand, die Wälder, der nie endende Sommer. Aber solche Fragen sind hinfällig. Genausogut könnte man bei einem Gleichnis fragen, wie es angefangen habe und wie es weitergehe. Gleichnisse haben kein Ende und auch keinen Anfang. Sie haben nur Punkte, an denen sie die Wirklichkeit berühren, die Wirklichkeit unserer Herzen.

Dennoch habe ich nie das Versprechen des Jungen vergessen, das er uns auf der Lichtung gegeben hat. Lange Zeit konnte ich nicht an den Anblick der angenagelten Leiche zurückdenken; später begann ich nachzugrübeln darüber, ob sein Versprechen damit hinfällig war. Es gibt heute noch Zeiten, in denen mich diese Furcht befällt. Dass alles vergeblich war. Dass die alte Welt zerstört ist, aber es keine Hoffnung auf eine neue gibt. Dass die Zerstörung der Lüge nur Leere aufgedeckt hat. Aber ich vergesse das Versprechen nicht: Wir sollen darauf warten, dass er zurückkommt.

Ich habe oft darüber nachgedacht. Er sagte nicht, dass er zur Lichtung zurückkommen werde. Er sagte auch nicht, dass wir dort warten sollten. Er sagte nur: Wartet. Egal, was passiert, egal, was ihr befürchtet. Ich werde auf jeden Fall zu euch zurückkommen.

Irgendwann habe ich mich entschlossen, ihm zu

glauben. Obwohl er tot ist. Zu glauben, dass das kein Widerspruch ist. Dass sein Tod sein Versprechen nicht aufhebt. Wie er das machen will, weiß ich nicht. Es ist mir auch gleichgültig. Ich möchte nur tun, was er gesagt hat.

Ich möchte auf ihn warten. Darauf, dass er kommt und mich holt.